다시 사랑하고 살자는 말

다시 사랑하고 살자는 말

정영욱 에세이

arte

이 책을 선물하겠습니다

처음 글을 쓸 때부터 읽어주시던 독자분은 결혼을 해서 가정을 꾸렸고, 나의 글쓰기 강의를 듣던 초롱초롱한 눈빛의 소녀는 현직 작가로 활동 중에 있다. 내 책을 읽고 처음 편지를 써주었던 청년은 경찰이 되었다는 소식을 전했고, 나의 글을 읽으며 글을 쓰기 시작했다는 나이 지긋한 신사분은 어느덧 세 번째 여행 수필을 내었다는 소식을 전해왔다. 텍스트로 이어진 연들의 소식은 띄어쓰기 하나 없이 계속되는 와중에, 그 안부의 답으로 나는 무엇을 했다고 해야 할까… 깊지는 않게 생각해본다. 그러다 전할 소식이 너무 많아서 복잡했다. ~를 했다, ~에 성공했다, ~를 시도 중이다, 이런 소식을 전하는 것은… 얼핏

교만 섞인 자랑일 수 있으며, 되려 퇴보하고 있다는 느낌이 드는 안부임. 그래서 여전히 안녕하다는 인사 뒤에 이런 문장을 전해본다.

"그것 참 잘된 일이고, 멋진 일이네요. 나는 별일 없이 지내요. 글감이 생각나면, 내 이야기에 그쪽 이야기를 더해서 글 한 번 써볼게요." 정도로 나는 여전히 쓰고 생각한다는 인사를 건넨다. 나 여전히 그대들로부터 귀감을 얻고 살아요 따위의.

그러다 문득 있을 리 없는 걱정이 하나 든다. 혹여나, 당신에게 연락이 오면 어떡하지. 어떤 소식으로든. 갑작스러운 결혼 소식이나 아니, 이건 너무 멀리 갔다. 그냥 어떤 생각지도 못한 소식이 나에게 전해진다면 어떻게 축하를 하고, 어떻게 위로를 하며, 어떤 안부를 전해야 할까.

생각의 긴 꼬리 끝엔 책을 주어야겠다, 다짐한다. 이 책의 대부분이 당신이니까 이 책을 선물해야지. 정말 만약에, 그럴 리 만무하겠다만 정말 만약에. 선뜻 연락이 와서 어떤 소식을 나에게 전한다면, 그럴 수만 있다면. 아무 사심 없이 진심을 다한 이 책을 보내는 정도의 안녕을 말해야지. 나 여전히 당신으로부터 귀감을 얻고 살아요, 따위의 안부를. 또 쓰고 살아요, 당신을 처음 만난 그때처럼, 따위의 여전함을. 다음 사랑을 위해 무던히 나아가고 있어요, 따위의 안녕을.

2022 가을

지나간 당신들을 기억하기를 기약하며

.

2
바다는
우리의 이름을
기억이나 할까

3

다음 생에는

너로 태어나

나를 사랑해야지

4
나도 누군가에겐
악연일 뿐이었을까

영감의 원천을 묻는 누군가에게 나는 아름다운 사물이나
현상을 보고 그것보다 아름다웠던 사람을 떠올린다고 했다.
누가 보면 멍때리는 줄 아는 때에도 펜을 놓지 않고 그때를
떠올리며 머릿속으로 글을 적는다고. 그랬더니 "그럼, 그
사람이 작가님의 뮤즈인가요?" 묻는다. 나는 답한다. "아뇨,
그때 사랑인 줄 몰랐던 내가 더 선명합니다. 아마도 그게
뮤즈입니다."

1

영원한
나의
뮤즈에게

그런 사람이 있다
감히 청춘이라 부를 수 있는,
찬란했던 젊음을 상징하는

그는 나에게 그런 의미의
사람이었다

그와의 시간을 회고해보면
철이 없었고 미련했고 미숙했으며
때에 맞게 아름답고 애틋했다

정애하는 애정에게

한창 꽃이 피고 질 때였다.

정애에게 진심 섞인 농담을 던졌다.

"반대로 말하면 애정이겠네요. 내가 애정하는 거 알고 있죠."

그는 답한다.

"좋은 뜻이겠죠?"

나는 갸우뚱한다.

"네?"

"사실 어릴 때에는 정애라는 이름 때문에 '장애' 같은 별명을 달고 살았는데, 어느 순간 그런 별명보다도 반대로 말하면 애정이 된다는 게 싫어서 개명까지 생각했어요. 자살의 반대말이 살자라는 것처럼 내 이름 자체가 부정일까 봐. 자살의 반대말이 살자니까 넌 살아야 해!라는 말엔 '자살'은 부정, '살자'는 긍정이 담겼잖아요. 정애의 반대말이 애정이란 말이 꼭 '정애'는 부정 같고 '애정'만 긍정 같달까. 거꾸로 읽지 않아도 내 이름이 애정처럼 긍정일 순 없을까. 애정하는 정애에게. 따위의 말들 많이 듣고 살았지만, 반대여서 유희 식으로 말한 게 아닐 순 없을까. 정말 애정해서 꺼낸 문장일 순 없을까. 반대로 말해도 아무 의미 없는 사람들이 부러워요. 거리낌 없이 애정할 수 있는 이름들 같아서. 내 이름이 싫어서 자칫 개명할 때도 나를 애정함과는 관계없이 그랬던 대로 '정애야' 불러줄 수 있나요? 그러니까 이 말은 내가 싫어해서 내던진 이름이라도 다시 좋아하게 만들어주겠냐는 고백 아닌 고백이에요. 애정하는 거 아냐는 말에 건네는 답 아닌 답이고요."

좋아한다고 콱 안아버릴 때

네 모든 걸 좋아할 순 없겠다 주뼛댔다만 앞으로 좋아
하는 모든 것이 당신일 수도 있겠다 고쳐먹었지. 그래서 그날
좋아한다 말하고 콱 안아버렸어. 순간 잊고 살았다. 좋아함이란
그래. 모든 것은 아니어도 그게 늘 전부였다는 거 말야.

매일매일

　　매일매일이라는 말에 대해서 생각해본다. 매일매일. 한참 꼬마였던 시절의 매일매일을 생각하면 '숯불갈비'가 가장 떠오른다. 어른이 되어서도 좋아하는 음식인 숯불갈비는, 어릴 적엔 기껏해야 일 년에 한두 번 먹을 법한 귀한 음식이었다. 아버지가 말한다. "이번 주말에 갈비 먹으러 가자!" 나를 한 주 내내 두근거리게 만들 문장이었다. 노릇하게 구워진 갈비를 앞에 두고 이런 생각을 했었다. 매일매일 숯불갈비를 먹을 수 있다면… 따위의. 생각이라기보단 소망에 가까웠다. 매일매일 숯불갈비를 먹을 수 있다니? 그때에는 정말 매일매일 먹고 싶은 음식이었으니.

　　철없던 꼬마는 나이가 들어 매일매일 숯불갈비를 먹어도 경

제적으로 큰 타격이 없을 법한 어른으로 성장했다. 그 꿈은 이루어졌을까. 단연 이루어지지 못했다. 아니, 이루지 않았다. 아직도 제일 좋아하는 음식은 숯불갈비이지만, 결코 매일 먹지는 않는다. 마음속 가장 좋아하는 음식이지만… 그것만 매일매일 먹기에는… 좀… 그렇다는 생각을 한다.

매일매일 그러고 싶다는 소망은 그렇다. 그것은 정말 말 그대로 매일매일, 매 순간을 뜻하기보단, '내가 그러고 싶을 때 그러는 것'을 뜻한다. 숯불갈비를 먹고 싶을 때, 언제든 먹을 수 있는 것. 그것이 어른의 매일매일이다. 그러한 관점으로 보았을 때, 나는 분명 꿈을 이루었지만 꿈을 이루지 못한 것일까, 생각을 한다.

매일매일. "매일매일." 그것은 곧, 언제나가 아닌 언제든을 뜻한다. 언제나 그러는 것이 아닌, 언제든 그럴 수 있는 것. 그러니 매일매일 보고 싶어, 언제나 사랑해, 이 말은, 곧 언제든 보고 싶고 언제든 사랑할 수 있다는 뜻일 게다. 어릴 때야 매일매일과 언제나를 '호흡 없이 그러는 것'이라 소망했지만, 이제는 안다. 그것은 곧, 그러한 의미를 넘어서 '언제든 그럴 수 있는 개념'이라는 것을.

내게 성숙한 사랑이란 그렇다. 우리는 언제든 서로 손을 맞닿을 수 있으며, 언제든 호흡을 공유할 수 있고, 언제든 함께 걸을 수 있다. 언제든 꽃을 선물할 수 있으며 언제든 마음에 든 문장에 밑줄을 그어 편지를 써 내려갈 수 있다. 언제든 은은한 숯과 함께 고기를 구워 먹을 수 있고, 언제든 함께 잠들 수 있다. 매일매일은 아니고, 언제나 그런 것은 아니지만… 우리의 맘이 같다면 언제든, 말이다.

'언제든'. 익숙해지지 않는다는 가정 아래 가장 낭만적인 단어가 아닐까. 우리의 사랑이 꼬마였던 시절을 지나 성숙해진다면… 매일매일 그러니까, 언제든 또 그러니까, 어떤 때이든 그럴 수 있다. 우린 언제든 봄이 아니어도 봄을 꿈꿀 수 있다. 우린 언제든 한겨울의 눈발 속에서도 꽃을 피울 수 있다.

생각만으로도 매일매일 그러고 싶을 만큼 아름다웠다. 제법 낭만적인 소망이지 않을 수 없었다. 매일매일 그대와 함께 그럴 수 있다는 상상 말이다.

함께가 되는 것

누군갈 안다는 건, 궁금해한다는 건, 이해를 한다는 건, 편지를 주고받는다는 건, 꽃을 선물한다는 건, 나아가 애타게 기다린다는 건, 서운해한다는 건, 세상에서 제일 미워하다가도 다정하게 쓰다듬는다는 건, 실로 기적과 같은 일이다. 깃 세우고 빳빳한 자존심 내세우던 두 사람의 세상이 무너지고 구름처럼 몽글몽글한 형태로 재구축되는 일. 그 누구도 관여할 수 없는 일. 충돌할 것 같은 속도로 매섭게 달려든 삶이 맞물려 오차 없이 포개지는 일. 하나 그리고 하나가 만나 더해져버렸지만 둘이 아닌 하나가 되는 일. 세상이 거꾸로 흘러가는 일. 그러나 또 지극히 정상적인 일상이 되는 일.

우리만 아는 문장

우리만이 아는 문장을 만들어봅시다. 예로 "지금 한복집 앞인데 쭉 내려갈게. 길 건너지 말고 와, 어제 헤어졌던 신호등 근처로." 같은. 만남, 별거 없다는 말입니다. 남들은 잘 알아듣지 못할 암호 같은 것들을 만들며 쉽게 해독하고 둘만이 이해할 수 있는 것. 무슨 의미인지 들리지 않는 속삭임처럼 작게 말해도, 확성기에 대고 크게 말하듯 또렷이 들리는 것.

이 모두가 거창하지 않은 애정이고 사랑이겠습니다.

사랑은 어쩌면

사랑은 저 갈 데 몰랐지만 아빠의 문자처럼 서툰 마음
으로 영원한 조화보단 잠시여도 생화 같은 심정으로
언제 그랬냐는 듯 어설피 안착해서 기필코 피어나게
되는 것 어쩌면

살얼음판을 힘차게 걸어나가야겠다
그 끝엔 언제나 서로가 있음을 믿게 되는 것

그 사람으로 인해 내가 점점 비워지고 그 느낌으로 인해 내가 다시 채워지는 것. 내가 채워짐으로 그 사람이 점점 비워지고 그 사람이 비워짐으로 우리가 다시 채워지는 것. 온 밤을 미래에 살짝 걸터앉아 약지를 맞대었다. 비로소 과거에 대해 사랑할 줄 알게 되는 것. 운명을 쉬이 믿지 않는 것. 그러기에 당연함을 없애고 노력할 줄 아는 것. 노력할 줄 알기에 서로를 운명이라 믿게 되는 것. 오늘도 우리는 살얼음판을 힘차게 걸어나가야겠다. 그 끝엔 언제나 서로가 있음을 믿게 되는 것.

너를 영원해

사랑이라는 말은 지쳤으니 영원이라는 말로 대신해볼까 한다. 나, 너와 지금을 영원한다고 말이야. 정말 영원했으면 좋겠어. 그 영원이 물리적인 시간을 뜻하는 건 아니고 단지 지금 이 순간을 오랫동안 잊지 않고 싶다는 거야. 마치 영원할 것처럼. 서로의 부재가 익숙해질 때쯤에도 지금 이 감정이 꼭 영원했으면 싶어. 그런 의미에서의 영원으로 너를 영원하고 지금을 영원해. 영원. 꼭 영원할 것 같은 단어잖아. 너는 안 그래?

그 애

그 애만 생각하면 어린아이가 서툰 걸음으로 아장아장 다가오는 거 같아서 애틋하고 찡해져요. 우리 늦었다고 시간이 없다며 팔 땡겨 서두르면, 끌려다니다 다 도착해서야 팔이 아팠다며 찡그리며 울 것 같죠. 나는 미안하다며 그 앨 꼬옥 안아주었다가 살짝 들어서 형형색색의 불꽃놀일 보여줘요. 이거 같이 보고 싶었다고 말예요. 그럼 그 애는 울어서 미안하다며 예쁜 불꽃 사이로 고갤 돌려 해맑게 웃죠. 수없이 많은 인파와 찬란한 굉음 속에서도 그 애의 눈에는 나만 투영돼요. 세상에 우리 둘밖에 없고, 어느 화려함도 눈에 담을 생각이 없죠. 나는 불꽃놀이를 보여주고 싶었는데, 정작 그 애는 나만 바라봅니다. 난 그게 또 너무 애틋해서 다시 팔 많이 아팠느냐고 물으며 울어요. 미안해서가 아니라 애정해서요. 살다 보면 그렇게 한 번씩 뒤늦고 아프고 애틋하고 찡하고 뭉클한 사람이 있습니다. 영원히 그 애라 부르고만 싶은, 그런 사람이요. 그 애.

미신을 믿으세요?

손금이나 관상이나 운명이나 하는 것들을

그이는 내 손을 만지작거리다 손바닥을 뒤집어 한참 들여다봐요.

그러곤 말하죠.

내 생명선이 짙고 길어서 오래 살 거 같다고.

나는 손금을 볼 줄 아냐 묻습니다.

그는 답하죠.

손금을 보진 못하지만, 자신의 생명선이 유독 짧아서 그것만 볼 줄 안다고.

그러면서 제 손바닥을 펼쳐 내 눈앞에 둡니다.

작은 새가 날개를 펼치며 뽐내듯, 쫘악 하고요.

"봐요 짧죠."

이어서 말해요.

생명선이 거의 없다시피 해서 이미 죽었어야 할 사람인 거 같다고,

"엄만 이런 내 손금을 보곤 어릴 때 일찍 죽는 거 아닌지 항상 노심초사했어요."

나는 답합니다.

생명선 같은 거 다 미신일 뿐 아니냐고, 오래오래 행복할 거라고.

그러자 그는 미신 같은 것들도 이루어지면 꼭 그것 때문이라 믿게 된다고 답해요.

"아마 내가 일찍 죽으면 울 엄만 생명선이 짧게 태어나서 일찍 죽었다고, 그렇게 태어나게 한 자신을 원망했을걸요. 뭐든 이루어지면 그래요. 마치 그게 원래 그랬을 것처럼, 그것 때문인 것처럼, 그렇게만 생각되고 탓하거나 그 덕이라고 믿게 되죠. 근거가 없는 일에도 그럴 운명이었나 싶은 마음 정도랄까. 봐봐요. 우리의 초성이 같은 것, 우리의 생일이 딱 맞게 한 달 차이인 것, 같은 계절에 태어난 것. 전부 당신과 내가 이어지고 나서 그것들이 전부 운명인가 싶다는 당신의 간질거리는 고백처럼 말이죠. 근데 운명이 바뀔 수도 있겠죠? 이 짧은 생명선도

당신 손 붙잡고 오래 포개면 좀 길어지고 깊어질까. 그래서 정말 오래오래 행복할 수 있을까요, 길어진 생명선 덕이라고 말하면서."

그와의 대화에서 나는 우리가 감히 운명이 될 수 있을까 싶었다. 운명이라면 운명이라 생각한 내 믿음 덕이 될 수도 있을까 싶었다.

가로등

　언젠가 날이 어두워졌을 때 일이다. 순간 거리에 긴 기둥 위엔 달이 주저앉는다. 가로등이 켜지면 더 밝아져야 하는데, 난 왜 더 어두워진 것 같지. 옆에 있는 애인에게 말한다. 가로등은 밝히려고 켜졌는데 어째서 난 더 꺼진 거 같지. 저게 켜져서 밤이 된 거 같은 기분 때문에 외려 세상이 더 어둡게 느껴진달까. 대충 느끼기엔 분명 밝은데 마음은 그럴수록 더 어둡다 느낀다 말했다. 그 존재가 존재의 가치를 발하지 못하는 것이 가로등뿐일까. 더해서 말을 뱉었다.

　밝아졌다는 것만으로 곧 어두워질 것을 반증하는 것들이 존재한다. 예를 들면 사람 마음이 그렇다.

그는 내가 아주 특별하다 했고,
나를 특별하게 생각하는 마음이
언젠가 자신을 아주 아프게 할
거라는 걸
안다고, 덧붙였다

아빠가방에들어가신다

어릴 땐 띄어쓰기 없는 마음이 사랑으로 가는 가장 지름길인 줄 알았지만, 이젠 안다. 마음과 마음이 이어짐에는 아이러니하게도 적당한 보폭이 필요하다는 것. 아마도 그건 '아빠가방에들어가신다'를 '아빠가 방에 들어가신다'가 아닌 '아빠 가방에 들어가신다'로 오해하는 것과 같은 이치였다. 띄어쓰기가 없는 문장은 의미에 오해가 생기는 것처럼, 사람 마음도 다르지 않다. 만남에 있어 적당선의 물러남은 그와 그가 이어짐에 영점이 잡히는 것과 같은 역할을 한다.

멀어짐은 곧 이어짐. 애증과 같은 관계의 패러독스.

완벽해지면 내가 생각한 완벽함과는

다른 게 되니까요

우린 방 안에서 그림 그리기 놀이를 하고 있어요.

당신은 나의 눈과 코를 그리죠.

그러다 입에서 멈칫합니다.

멈칫, 멈칫.

한참을 그러다 그만둡니다.

입도, 귀도, 머리도 마저 그리지 않고 손을 그대로 멈추죠.

나는 묻습니다. 왜 더 그려주지 않느냐고.

그는 말합니다.

여기서 더 그리면 너와는 다른 사람이 될 것 같다고.

그림이 서툰 사람이라,

여기까지가 딱 당신과 가장 닮은 그림일 거 같다고.

"완벽해지면 내가 생각한 완벽함과는 늘 다른 게 되더라….."

한때 생각했습니다. "좀 망치면 어떻다고… 마저 그려주질 않는지…." 그 그림, 내 방 잘 보이는 곳에 걸어두었습니다. 매일 보니 정말 이게 딱 내 얼굴 같아요. 그의 실력으로 이 이상을 그렸다면, 정말이지 내가 아니었을 것 같습니다.

서툰 우리이지 않겠습니까. 어떤 것들은 그렇습니다. 부족한 줄 알았지만 그게 완벽이었고, 완벽하다 생각했지만 두고 보니 엉망이었던 것들. 미완이다 싶었지만 수작이었고, 완성했다 싶었지만 습작이었던 것들.

이 이야기가 꼭 그림 이야기만은 아니겠습니다.

나 얼마큼 좋아?

어느 정도 깊어진 관계에서
무언갈 물어본다는 것은
확인하고 싶은 마음보다,
기대하는 정도가 있기 때문이다

나 얼마큼 좋아? 따위의

담배 꽁초

그날이었지

아주 오래전에 끊은 담배를 태우며 든 생각인데

만남은 꽁초와 같다는 것

한때 빛을 냈지만 지금은 밟히고 구겨졌다

시간을 가지자는 말

"난 너를 만날 때마다 몇 주치의 말을 와다다 쏟아내." 그 애가 또 갑작스러운 서운함을 말합니다. 그런 감정기복이 지겨워서, 괜히 장난 섞인 답으로 넘겨보려 합니다. "그래서 정확히 몇 주?" 그 순간 '짝' 하는 소리와 함께 내 시야엔 그 애가 보이지 않습니다. 볼이 따갑습니다. 다시 고개를 돌려보니, 그가 성큼성큼 나에게서 멀어지고 있었죠. 화가 치밀어 올라 걷는 그의 팔을 붙잡는데 살짝 보인 그의 볼은 눈물범벅이었습니다. 나의 손은 힘 없이 그를 보내주었고, 미안하다는 문자와 함께 시간을 가지자 말했습니다. 그러자 그 애는 되려 자신이 미안하다고 하네요.

"많이 아팠지? 미안해…. 요즘 감정 컨트롤이 안 돼…."

그 애의 볼과 마음이 나보다 더 아팠음을 알아버렸습니다. 그래서 나의 볼도, 마음도 아팠지만, 아프다 하지 못했습니다.

"괜찮아, 서로 마음 추스르고 다시 이야기하자."

우리 이대로 정말 괜찮은 거 맞을까요.

한 사람과의 숱한 헤어짐과
이어짐을 겪어왔으나
어떤 이별은 '이번이 정말
마지막'이라는 생각이 드는
헤어짐이 있었다

어떤 이별

잘 살지 말라더군요, 나 없이는. 나보다 좋은 사람은 없을 거라며 작은 손으로 나의 명치를 때리면서 그가 웁니다. 나는 또 그 울음이 지겨운지 얼굴을 찡그립니다. 찡그리지 말아야 했지만, 그 순간이 너무 지옥 같았을까요. 곧이어 마음은 아픈데 끝내야 하는 내가 싫어서 눈물을 같이 흘립니다. 그의 눈물과 나의 눈물. 잘 살지 말라는 말과 나보다 좋은 사람은 없을 거란 저주. 나의 찡그린 얼굴. 툭툭 치는 그 애의 손과 그걸 힘없이 맞고 있는 나. "미안해…" 말을 뱉으려는데 미안하다는 말이라도 꺼내면 그이가 너무 초라해질 것 같았습니다. 그래서 대신 고마웠다고 말하려 합니다. 고마웠… 말을 꺼내는 순간 그 애가 더 엉엉 웁니다. 무슨 말을 하는지, 어디를 때리는지 도통 모르겠는데 전부 내 마음에 말뚝을 박듯 쿵 쿵 다가옵니다. 난 그게 너무 아파서 그 애보다 더 크게 엉엉 웁니다. 그러자 그이가 울음을 멈추고 나를 꼬옥 안아줍니다. 이내 다시 거리를 두며 내 손을 꼬옥 잡습니다. "우리 행복하자." 말합니다. 그제서야 말합니다. "고마웠어." 그 말을 마지막으로 나는 뒤돌았고, 내가 떠나는 순간 당신은 내가 더 엉엉 운 것보다 더 엉엉 울고 주저앉았지요.

그렇게 우린 헤어졌습니다

"행복하게 살았답니다" 동화처럼 아름다운 이야기는 아니지만, 그렇게 우린 헤어졌습니다. "그렇게 우린 헤어졌습니다." 이야기하니 마치 동화처럼 아름답게 헤어진 것만 같아서 마음이 쿡 쿡 찔려요. 긴 역경을 겪고 결국 행복에 도달한 동화 속의 주인공처럼, 우리의 만남이 긴 역경이었고 결국 이별함으로 인해 행복하기를. 먼 훗날 서로의 이별을 다행이라 여길 수 있기를. 이기적인 말이지만, 당신보다 내가 조금 더 아팠습니다. 내가 끝내지 않는다면 우리의 만남은 지옥 밑바닥까지 추락했을 마지막이었으니. 당신의 마음도, 나의 마음도 그걸 너무 잘 알고 있었겠죠. 그러나 그 헤어짐이 지금은 아니었음 싶었겠죠. 그 마음 너무 잘 알아서 더욱 매정하게 떠났습니다. 이해할

다시 사랑하고 살자는 말

까요. 그건 다소 냉정해 보였던 애틋한 애정이었습니다.

그와의 이별은
'멀어졌다'가 아니라
'도망쳤다'에 가까웠다

선물받은 책

책을 선물받을 때가 있다. 소설이거나 수필집이나, 시집이거나 하는 것들. 그럴 때면 집에 도착하자마자 그 책을 곁눈질하듯 쭈르륵 훑어보곤 이내 덮는다. 그리고 가장 첫 페이지 같은 부분에서 사진을 찍어 보낸다. "오랫동안 곁에 두고 읽을게요. 고마워요." 미안한 사실이지만 한동안 꺼내지 않는다. 한참이 지난 후에야 읽고 싶어질 때 읽는다. 금방 읽기 아까운 것은 아니다. 오래 삭혀놓은 책은 효모가 따로 없는데도 발효가 되는 것일까. 한참 후에야 읽은 그 책은, 그때에 그 사람이 나에게 건네준 애정함을 몇 배는 깊은 맛으로 읽을 수 있다고 느낀다. 그 사람과 이어져 있든 이젠 헤어졌든, 꽤 지난 책을 읽는 맛은 그때의 애틋함이 성숙함으로 변모하는 과정을 있는 그대로 받아들이는 기분이랄까. 아, 그 책. 그때 그 애가 선물해줬었지. 그 애와 헤어지고 몇 개월이 지나고 나서야 꺼낸 책에는 이런 문장이 대놓고 실려 있었다. "파도가 바다의 일이라면 너를 생각하는 것은 나의 일이었다." (김연수/『파도가 바다의 일이라면』에서)

그 문장을 몸 구석구석에 새겨놓고 싶다는 생각이 굴뚝처럼 들었다.

안주가 머에어? 묻더군요

당신과의 안녕을 고하고 일 년 하고도 몇 계절이 더 지났을 무렵입니다. 다시는 사람 만나지 말라고, 괜히 누군가 만나 인생 망치지 말고 혼자 살다 죽으라던 당신의 저주가 빗나가게끔, 좋은 감정으로 만나는 사람이 생겼습니다. 근데 아직은 밭에 난 새싹처럼 초록빛이 살짝 도는 정도의 호감이랄까. 혼술을 한다니 같이 먹지 못해서 아쉽다며 안주가 뭐냐고 묻네요. "안주는 머에여?" 귀엽게 말이죠. 나도 귀여운 말투로 답합니다. "아몬드여" 근데 안주가 뭐 필요하겠습니까. 어제의 지우지 못할 쓰레기 같은 기억도, 오늘에서야 추억이 되었단 것만으로 집어먹을 게 많은 새벽이고 계절이고 마음입니다.

예전에 썼던

좋은 영감이 떠오릅니다

해서 오랜만에 글을 쓰는데

쓰다 보니 어딘가 익숙합니다

아니나 다를까 예전에 썼던 내용과 겹칩니다

숱하게 적다 보니, 다 거기서 거기일까요

예전에 썼던 글과 비슷해서

쓰다 포기했습니다

난 그게 참 안타까워요

'예전에 썼던 내용'

마치 '예전에 썼던 마음'이라

말하는 거 같아서

예전에 쏟아봤던 애정이라 쉽게 포기한 것 같아서

이미 경험했던 것들이라 아무렇지 않게

지워갈 수 있는 거 같아서

시작도 하기 전에 그 마지막을 아는 것 같아서

어쩌면 너무 닳아버린 내가 몽당연필과 같아서

한여름 밤 매미

언젠가 여름의 낮이었는데 매미가 맴맴 울었어요. 보통이면 시끄럽다고 창문 확 닫아버릴 텐데 그날은 열어놓고 바람을 쐬었죠. 애당초 찾을 수 없겠다마는 매미는 어디 있나 관심을 두었어요. 한여름의 매미처럼 꼭꼭 숨어서 보이지 않게 우는 일. 애틋한 감정의 꼭대기에 매달려 온종일 이름 부르는 일. 어쩌면 처지가 비슷했으니 찾아주려고 애썼는데 코빼기도 보이지 않더군요. 여름이 가면 매미가 죄다 떨어져 죽듯 콱 떨어져 죽어버리고 싶던 그때를 떠올리며. 이젠 매미처럼 울지 않지만 종종 궁금해요. 애타게 찾진 않지만 가끔 보고 싶고요. 너도 나도 매미처럼 한철쯤은 힘겹게 살다 지금은 꽤 안녕하기를. 한때 겪던 미열도 어느 정도 죽어났기를. 헛헛한 마음에 전하지 못할 이야기 한번 꺼내봅니다.

너무 잘 살고 있어서

내 이름 따윈 너무 하찮아졌기를

시간이 꽤 지난 날이었다. 그에게 용서라도 빌고 싶은 심정이었다. 진부한 후회는 아니고, 그냥⋯ 제발 잘 살고 있었으면 하는 바람 정도로. 그를 미친듯이 울리고 당연한 일인 듯 기만하던 내가 지옥처럼 느껴졌겠지. 어렸던 그때의 나를 그러려니 생각해주기를⋯ 따위의 이기적인 용서를 가끔 빈다. 그의 생일이나 새해거나, 그럴 때면 연락을 보내보고 싶지만 쉽게 전송 버튼을 누를 수 없었다. 분명 잘 살고 있겠지. 너무 잘 살고 있어서, 연락이라도 하면 싫어하겠지. 너무 행복하게 살고 있어서, 그래서 내 이름 따위 보기도 하찮아서 서점엔 발도 들이지 않겠지.

너를 껴안던 몸으로 나를 껴안았지

어두운 방 한 칸에서 그는 옷을 전부 벗어버리고
알몸인 채로 자기 자신을 껴안았다
누군가의 온기가 그리운 나머지

올해 여름이 다 갔네요

잘 지내요? 아마 잘 지내겠죠. 나는… 당신 없인 잘 지
내지 말라는 너의 말에 맞지 않게, 그럭저럭 잘 지내고 있습니
다. 어디서부터 말해야 할까요. 그나저나 여름이 다 갔어요. 이
렇게 혼자 말하려는 순간 맨 앞에 까먹은 단어가 생각납니다.
올해 말예요, 올해. 그러니까, 올해 여름이 다 갔네요. 늘 그랬
듯, 내년이면 다시 찾아오겠죠. 올해보다 조금 더 뜨겁거나 선
선할 수도 있는. 여느 여름날과 다를 거 없는. 기다리지 않아
도, 찾아 헤매이지 않아도 때맞춰 찾아오겠죠. 이번 여름은 n년
만의 폭염이라고들 난리였습니다. 어떤 의미였건 우리의 만남
이 나에게도 당신에게도 어느 때보다 뜨거운 여름이었기를. 서
로의 마음에 상처가 깃들지 않기를. 타들어간 마음도 제자리를

찾았기를. 가을이 오면 다신 돌이킬 수 없는 계절의 안녕을 말하며, 영원할 것 같던 우리의 여름을 핑계로 지난 계절들을 되짚어봅니다. 내년에도 이와 같은 여름이 오겠죠? 그보다도, 우린 정말 잘 지내고 있는 거겠죠. 서로 문자 한 통 없다는 이야기는, 정말 잘 지내고 있다는 뜻이겠죠. 아쉬울 거 하나 없이 정말 잘 지내고 있단 뜻이겠지요.

개명을 했다지요

변하고 싶었을까요

돌아가고 싶었을까요

메신저에 당신의 이름이 낯설게 바뀌었습니다. 그 친
근한 이름이 이젠 멋진 이름이 되셨네요. 이수라고 했죠. 이수.
아주아주 오랜 시간 망설였던, 잘 지내냐는 물음을 보내봅니다.
얼마 지나지 않아 잘 지낸다는 답이 옵니다. 이어서 개명했다는
인사가 숨 참던 입에서 바람 쏟아지듯 나를 반겨줍니다.

한창일 때 기억하려나요. 흔해서 싫어하는 이름, 내가 불러주
어서 특별해진 기분이라고 자주 불러주라 너는 그랬었죠. 예전
이름 그대로 부르니, 앞으론 이수라고 해달라는 부탁은 아주 잘
살고 있다는 답인 거 같아 기분이 뭉클해집니다.

"그래 이수야, 이름이 너무 잘 어울려."

서로에게 지옥 같았을 이별을 악착같이 버티며 죽어도 미워하진 않았던 걸까요. 걱정했던 어두운 반응과는 다르게 환한 반가움이 건너편의 손가락에서 느껴집니다. 이름을 바꾸었다고 난 잘 지낸다고 너는 어떻게 지내느냐고. 당신과 나 사이에서 이런 진부한 안부 인사가 오가다니요. 미열 가득했던 시절도 이젠 봄날의 추억이 되었구나, 새삼스러운 기분이 들게 합니다.

너는 개명을 했다지요. 하긴 바뀐 것이 이름뿐이겠습니까. 마음에 든다는 그 이름, 다정한 마음으로 굳이 앞에 넣어주어 말을 이어갑니다.

"이수는 머리가 많이 길었네."

길었다 말했지만, 실은 제자리를 찾은 겁니다. 단발을 좋아한다는 내 말에 선뜻 잘랐던 그녀의 머리가, 긴 시간을 지나 제자리로 돌아왔습니다. 머리칼뿐이겠습니까. 우린 아마도 변했다는 말보다 무탈히 돌아갔다는 말이 어울리는 사람들처럼 보였습니다.

나이는 자랐고 사는 곳이 변했고 만나는 사람이 다릅니다. 주위의 세상은 태풍인 양 정신없이 바뀌었는데, 우린 이제야 겨우 제자리로 돌아가기 바빴다니요. 제법 무게가 나가는 모래시계를 간신히 뒤집어낸 것처럼, 긴 만남과 긴 지나감이 우리 시간을 간신히 거꾸로 되짚어놓았습니다.

우린 이제 정말 우리이기 이전이었던 수년 전의 사람들로 돌아간 거겠죠. 그러니까, 우리가 한창일 때의 미움과 기복과 예민함은 찾아볼 수 없는 여느 정상적인 사람들로 말입니다.

잘 되돌아간 거 같네. 이런 말은 조금 의아할 수 있으니, 가까운 날에 커피나 마시자 말을 꺼냅니다. 그이도 하고 싶은 말이 많다며 너무 늦지 않게 보자 약속을 반겨줍니다. 어쩐지 이 말, 수년 전의 우리가 서로에게 거꾸로 건네었던 말과 비슷하게 느껴집니다.

그 숱한 시간마저 맨 처음으로 되돌아가고 싶은 걸까요.

그의 잘 지낸다는 말에,
정말 잘 살고 있는 것 같은
모습에
웃어야 할지 울어야 할지
안도해야 할지 모르는
감정이 복받쳐 오른다
다행이며 안도이며 애틋함이며
뭉클함이었다
때늦은 후회 조금과 미련 그리고
미움까지도
묘하게, 조금씩 섞여 들어가
있었다

열 번째 당신에게

     잃어버린 지갑을 찾기 위해 더듬더듬 일과를 세어보는 사람처럼, 잃어버린 마음을 찾기 위해 지나간 이들을 열 손가락 안으로 세어본다 더듬더듬.

  나의 첫은 애틋함이었고
  두 번째는 배신이었으며
  세 번째는 앓음이고
  …
  …
  …
  아홉은 애증이었다.

그리고 마지막은⋯. 접으려는데 오른손 모양이 꼭 약속하자는 손 같았다.

어떻게 세어도 마지막 손가락은 약지에서 멈추는 이유가 있을까. 언제의 겨울 헤어지더라도 쉽게 잊어버리진 말자는 그 애와의 약속이 떠오른다. 다 접지 못한 약지를 눈 쌓인 가지처럼 구부정한 기억에다 살짝 걸어주었다. 마음이 있을 곳 없을 때마다 가끔씩 그런다. 다시 할 순 없더라도 계속하게 되는 약속이 있다. 되돌릴 수 없더라도 지나가진 않은 마음이 있다.

가장 미워했던 애인과
가장 사랑했던 친구에게

　　그와 마지막으로 만난 것은 유독 겨울이 늦던 해의
11월이었다. 새로 개업한 일을 축하한다며 만나자는 말을 먼저
건넸다. 우리의 만남, 이번이 처음은 아니었지만, 그래도 때마
다 어색한 마음은 늘 가지고 있었다. 그와의 사이가 어색한 것
은 아니었다. 단지 서로 어떻게 지내냐는 안부에서부터 시작하
는 대화와 쌓여 있는 행보들이… 어색했다. 서로 껴안기만 하면
그날의 하루를 알 수 있는 사이였는데, 이젠 따분한 말로써 안
부를 주고받는 사이라니.
　　그러다 갑자기 평소 묵혀두었던 말이 삐죽 튀어나왔다.

　　"요즘 네 생각 많이 나더라."

그는 피식 웃으며 답한다.

"갑자기 예전 생각에 잠기는 거야? 우리 여행을 자주 갔던 계절이라 그런가?"

나는 눈을 마주치지 못하며 마저 이야기한다.

"옛날엔 창창한 미래만 생각하며 달렸는데 요즘은 꾀죄죄했던 과거에 대해서 많이 생각해."

분위기는 사뭇 진지하지 않았다. 둘 다 하하호호 하며 예전 이야기, 서로가 어딘가 홀린 듯 미쳤던 기억들, 받은 선물 따위의 과거를 이야기하다 그동안의 만남에 대해서도 묻는다. 그에게 집적대던 사람들이나, 잠시라도 만난 누군가에 대한 이야기. 그는 요즘 조심스럽게 만나보는 사람이 있다 말하곤, 혀 끌끌 차며 나보고 적당히 후리고 다니란다. 나는 물어본다. 그래서, 만나는 건 재미있어? 그는 답한다.

"재미있지! 알잖아, 엄청 오랜만에 생긴 감정인데…"

몇 년을 죽자고 연애하던 사람들이, 헤어지고 또 한참 후에야 만나서 이런 이야길 꺼내고 서로 조언하며 응원한다니. 누가 보면 정말 미쳤다.

개업을 축하한다며 꽃을 건넨다. 늦었지? 알잖아 내가 좀 느려. 괜한 말을 더한다. 그는 인화된 내 사진 몇 장을 선물로 건넨다. 이사를 하면서 숨겨진 사진을 발견했다고. 자고 있는 거… 부산에서 찍은 거… 크리스마스에 동네 카페에서 찍은 거… 사진 속의 나는 앳돼 보였다.

"아까 말한 그 사람 있잖아…"

그는 진지하게 만나보고 싶은 사람이 나 이후로 처음 생겼다고 말했다. 물론 많은 사람을 거쳤지만, 이렇게 진지한 만남은 처음이라고. 그가 사진을 건넨 이유, 정말 이사를 하면서 사진을 발견해서였을까. 나 아닌 사랑이 찾아오기를 기다리며 꼬옥 간직해왔던 거 아니었을까. 잠시 생각에 빠지다 이내 말기로 했다. 건네준 사진을 보며… 그가 만나는 사람이 어릴 때의 나보단 제법 쓸 만한 사람이기를. 속으로 빌었다.

그날에 집으로 가는 길은 멀었고 그와 만날 수 있는 날이 마지막임을 얼핏 직감했다. 내가 잘 살기를 바라는 그의 바람에 따라, 나도 괜찮은 사람을 만날 수 있기를. 서로의 바람에 따라 앞으로의 만남이 아프지만은 않기를. 순탄히 종착역에 다다를 수 있기를.

내가 그날 만나자고 했던 이유. 네가 헤어질 때 했던 말처럼, 너보다 좋은 사람이 없더라… 말하고 싶어서였지만 하지 않고 집에 왔다.

가장 미워했던 애인과 사랑했던 친구가 떠나는 기분이었다.

근데 바다는 우리의 이름을 기억이나 할까. 이름과 이름
사이의 하트모양을 잊지 않고 있을까. 하얀 파도가 삼킨 지
오랜 이름 둘. 그 무덤 위에 또 어떤 이름이 잊혀지려고
안간힘 쓸까. 몽돌 위에 몽돌 하나 더 얹으면 영원이 이뤄질
것 같아서 그랬을까.

2

바다는
우리의 이름을
기억이나 할까

J를 안 건 아주 오래였지만
만남은 찰나였다
우린 서로에게 미친 사람들처럼
자주 보았고
때는 여름이었다

바다 보러 갈래?

둘이 바다 보러 갈래? 그가 나를 꼬십니다. 그에겐 시
냇물처럼 옅게 뱉은 말이었지만 나에게는 심해보다 깊은 물음
이었습니다. 그에겐 장난이었고 나에겐 약속인 탓이었습니다.

나는 까먹지 않길 바랐다

"나 그 책 진짜 좋아해…!"

"무슨 책?"

"어… 레미안? 암튼 소설인데….".

"데미안? 명작이지…. 근데 진짜 좋아하는 거 맞아?"

"놀리지 마…. 좋아해도 가끔 까먹고 헷갈려…. 난 암튼 그런 게 있어…. 너는 안 그래?"

"난 모르겠는데? 좋아해도 까먹고 헷갈린다면, 나도 가끔 까먹어?"

한때, 그와의 장난스러우면서 진지한 문자가 오갔다.

우주를 알았다

삶에 몇 번씩, 특별하진 않아도 잊히지 않는 이름이 있다. 나는 그런 이름을 보고 우주를 찾은 거라고 표현한다. 아는 선배는 몇 년째 비슷한 사람의 이야기를 자주 꺼낸다. 분명 애인이 생기고 헤어지고 반복하는 거 같은데 그때마다 타이밍 좋게 반복되는 이름과 들은 적 있는 이야기가 뫼비우스의 띠처럼 등장한다. "그때 걔는 그랬는데, 걔만큼은 느낌이 없더라." "내가 말했던 걔 알지? 걔랑 비슷한 향수를 쓰더라니까." 따위의. 이렇듯, 그 선배도 자신만의 우주를 찾은 것이다. 거기다 대고 "축하합니다. 우주를 찾으셨네요." 할 순 없는 노릇이었다. 찾았다고 제 것은 아니었으니. 단지 검고, 맴돌고 있으며, 보이진 않는데 어딘가 있고, 지금도 팽창하고 있다. 작은 점에서 시작

되었으며, 어떤 수식으로도 풀리지 않는 것이다. 우주란 그런 것이다. 그 마음의 깊이를 알 수 없음에 가까운 의미의.

　계속 '찾았다' 표현하니 좀 어색하다. 알았다는 것이 정확할까. 어떤 사람은 알았다는 것이 나의 전부여서 계속 그 속을 유영하며, 그 이름, 주문이라도 외듯 사라지지 않게 부르는 것이다. "나의 우주를 알았다." 어쩌면 죽음이 임박했을 때에도, 어디서 무얼 할까 무기한 궁금할 것만 같은 미궁 속의 시커먼 우주를.

그의 말은 그랬다

미안하다는 말의 시작은 꺼져달라는 말보다 나를 더
불안하게 했고, 이해해줘서 고맙다는 말은 사라지라는 말보다
나를 더 아프게 했으며. 할 말이 있다는 문장은 오랜 침묵보다
나를 더 침묵하게 만들었다. 그의 말은 온통 그랬다. 아무리 조
심스러웠어도 내 생에 가장 큰 충돌이었고, 배려가 있대도 생애
가장 큰 시련이었다. 그의 말은 잘 다듬어진 매끈한 줄기인 척,
가시투성이였다. 그가 언제부턴가 조심스럽다는 것이 속상하고
불안했다.

마음이 더 큰 쪽은 어렵지 않게 느낄 수 있는 사실이다.

낙서

"내가 아는 모두가 행복했으면 좋겠다."

어느 고깃집 벽지에 덕지덕지 적힌 낙서 사이로 유독
눈에 띄는 문구였다.

누군가 벽지에 적은 낙서는 악필이었지만 명언처럼 아
름다웠고, 나의 글은 늘 반듯했지만 낙서인 양 추잡했
다. 마음은 어떤 흑심으로도 다 적지 못하는 것이라 온
종일 끄적여본대도 몽당연필이 되지 않는다는 걸 늦게
알아버렸다. 어쩌면 내 마음은 외롭다 못해 꺼져버린
것일 수도 있었다. 언제는 그리움이 아니라 비루함에
가까웠다. 마음의 심은 왜, 닿을 수 없는 사람을 끊임
없이 적게 되는 걸까. 몽땅 가지고 싶어서 추잡한 낙서
만 남겨왔던 것일까. 누군가의 이름을 적는 것이 죄가
될 수도 있을까.

이카로스

전자레인지 안을 빤히 들여다보면 눈이 나빠진다며 엄마한테 혼났었다. 티비에 가까이 가서 앉으면 눈이 나빠진다고 또 꾸중을 들었다. 궁금했을 뿐인 꼬마는 무언갈 빤히 바라보고 가까이 가기를 좋아했다. 어쩌면 그게 나쁜 일이기도 하다는 게 억울해서 더 오래 바라보고 더 다가가기를 자처했다. 지금 생각해보면 엄마의 말이 맞았다. 무엇을 향한 궁금은 나를 망치는 경우가 많았다. 관심도 별안간 죄가 될 수 있었다. 염원은 나의 약점이 되기도 했다. 어쩜 그것이 태양이요 나는 이카로스 같았다.

* 이카로스 : 그리스 신화에 나오는 인물. 아테네의 발명가 다이달로스의 아들로 아버지와 함께 미궁에 갇혔다. 다이달로스가 만든 날개를 달고 미궁을 탈출하지만, 태양 가까이 날아오르다 날개를 붙인 밀랍이 녹아 바다로 떨어져 죽고 만다.

해초

사랑은 바위 밑둥에서 자란 해초처럼 거꾸로 자라는 마음이래요. 엉망이어도 결국 같은 곳으로 부유하는. 자꾸 바닥에 꼬꾸라지지만 그럼에도 수면 위로 떠오르는.

잘 지내길 바란다니요…
그게 사랑인가요

잘 지내길 바란다니요. 응원한다니요. 행복하길 바란다니요. 좋은 사람 만나라니요. 과연 그게 사랑일까. 넌 나보다 못 지내길 바랍니다. 나 없는 너를 응원하진 못할 거 같네요. 나 없이 행복하길 꿈꾸지도 말길 바랍니다. 나보다 좋은 사람은 없을 테니까. 그러니 내 곁에만 있어달라고. 당장은 이게 나의 사랑이다. 속 좁고 이기적이며 바로 앞밖에 보이지 않는 거. 너 아니면 콱 죽어버릴 거 같은 거.

잘 지내길 바란다니. 그게 사랑인가요. 사랑은 누구보다 이기적이고 보잘것없는 간절함인데.

그와의 마지막은 담백한
이별이었다
말이 담백함이지 퍽퍽함에
가까웠다
깔끔해 보이고 싶었을까
잘 지내길 바란다는 말에,
너도 잘 살길 바란다고,
응원한다고 답했다
붙잡지 않았다
속은 너덜너덜했고
마음은 너무 아파서 눈물도 나지
않았다

잘 살길 바래. 응원할게. 이렇게 말했는데, 사실 앞의 문장 하나를 말하지 않았어요. "좀이라도 아프다." 말예요. 좀이라도 아프다 잘 살길 바래 응원할게. 좀팽이 같아 보여서 전하지 못했지만, 꼭 말하고 싶었습니다. 제발 좀이라도 아파해달라는 때아닌 진심.

다시는 사랑하지 않겠습니다

당신을 사랑하지 않겠습니다 다짐합니다

그게 다시는 사랑하지 않겠다는 다짐인 줄도 모르고

슬픔은 밟아야 하는 감정

"슬픔을 딛고 일어서다"

딛고 일어서다니

밟고 일어서야지

딛고 일어선다면 꼭 도움이라도 된 거 같아

난 그게 싫더라

반대의 마음

마음은 내 의지와 반비례한다는 말이 정답인 거 같다. 행복하자 생각하는 순간 불행한 거고, 끊어내자 다짐하는 순간 이어져 있는 거다. 잘 살아보자 염원하는 순간 못 살고 있었고, 무너지지 말자 되뇌는 순간 흔들리고 있었다. 가진 숱한 감정이 거꾸로만 흘러간다. 물구나무서서 보는 세상처럼 마음이 어지럽다. 나 두 다리로 땅을 밟고 있는데 왜 두 팔이 저리는지 종잡을 수 없다. 뭣 하나 쉽게 놓을 수 없는 미련 덕분일까. 내 마음은 내가 조율할 수 없는 거다. 기필코 바라보는 피사체에 수렴한다.

믿음 소망 사랑

'믿음 소망 사랑.' 우리 집의 오래된 가훈이었지만 난
아직도 그것들이 왜 순고한 의밀 갖는지에 대해 의문
을 품고 산다. 그것만큼 사람을 피폐하게 만드는 것이
없다. 믿음 소망 사랑. 셋 중 어느 하나 빠질 것 없이
나를 무너뜨리기 쉬운 것이었다.

사랑을 한다고 외롭지 않은 것은 아니다

외롭다 해서 무조건 사랑이 찾아오는 것이 아니듯

사랑을 한다고 외롭지 않은 것은 아니다

외로움과 사랑 사이엔 일방통행인 것이 전혀 없다는

것

뒤늦게 알아버렸다

어느 책에서 읽었습니다.

코끼리를 생각하지 말아보라더군요.

근데 하지 말라고 해서 하지 않는 게 가능한가요.

그 순간 코끼리가 떠오릅니다.

어찌 된 일인지 생각하지 말라는 생각으로는 도저히 생각하지 않을 수 없는 일이었습니다.

그럴 땐, "하지 말라." 이야기하기보단, "그 외의 다른 걸 하라." 말하라더군요.

어린아이에게 "소시지를 먹지 마!"보단 "채소를 먼저 먹어!"가 옳은 방침이겠습니다.

나에게 적합한 예로는 "너를 사랑하지 말자."보단 "다른 누군 갈 사랑하자." 이게 옳겠습니다.

그리는 마음은 부재하지 못한다네요.

너를 사랑하지 말자는 다짐이 곧 너밖에 떠오르지 않게 하는 탓이겠습니다.

당신이 사랑하는 이름은 무엇입니까

이름이 바뀌면 사주가 바뀐다지요

내 이름이 내 이름이 아니었다면 당신이 나를 좋아해주었을
까요

그래서 너는 시금 어떤 이름을 다정하게 부르고 있을까요

내가 다음 생에 그 이름으로 태어난다면 나를 사랑해줄 수나
있을까요

나도 감히 그런 운명일 수나 있었을까요

사랑을 사랑이라 부를 수 없는 마음

홍길동 이야기 기억해요. 아버지를 아버지라 부르지 못한다지요. 나 애정하는 당신을 애정하는 당신이라 부르지 못하는 게 서러워서 이 마음, 동에 번쩍 서에 번쩍 합니다. 오늘은 청량한 바다에 잠겼고, 내일은 짙은 뻘에 빠지겠습니다. 그만둘 때도 됐는데 사람 마음, 쉽게 접힐 수 없더군요. 부를 수 있는 사랑이었던 때가, 아름다운 바다였습니다.

사람은 자신의 세계를 넓혀준 사람을 잊지 못한다

지독하게 기억한다는 것은 그렇다.

그때의 시간을, 사람을 잊지 못하는 것이 아니다.

다른 세상을 맛보았던 그 값진 경험을 놓지 못하는 것
이다.

꽤나 유명한 말이다.

"사람은 자신의 세계을 넓혀준 사람을 잊지 못한다."

잊지 않고 살아가야 할 문장이다.

당신이라는 단어에 갑자기 머물렀어요

항상 머물렀지만

그 순간 특히나 머물렀어요

글을 쓰면 상대를 지칭하는 표현을 고민할 때가 자주 있습니다. 너, 그 애, 그대, 그, 당신, 그 사람… 따위의 호칭 같은 것들. 그중에 단연 자주 쓰는 것은 당신입니다. '너'는 너무 가볍고 '그대'는 구시대적인 느낌이 들어요. '그 애'는 너무 앳된 단어 같고, '그 사람'은 사이가 너무 먼 기분이라서요.

아주 마땅하죠. 당신이라는 말. 평소에는 잘 쓰지도 않는 그 단어가 글에는 왜 그렇게나 자주 등장하는지. 당신을 만나며 당신이라는 지칭 단 한 번도 쓴 적이 없지만, 내 책에선 당신이 자주 당신으로 묘사됩니다. 당신. 당신. 언제는 글을 쓰는데 당신이라는 지칭으로 당신에 대해 적고 있던 참이었습니다. 그러다 멈칫 '당신' 두 글자에서 모든 이야기가 주저합니다.

쓰던 손가락이 타자기에 발돋움 못 하고 밧줄에 묶인 것처럼 어쩔 줄 몰라 소스라칩니다.

그렇게 긴 시간은 아닙니다. 긴 정적이 아니었습니다.

근데 당신은 왜 당신일까? 당신이 당신만 아니라면 다 잊고 다른 당신을 예쁘게 적어갈 수 있을 텐데. 정도의, 찰나의 호흡이었습니다. 많은 당신 중에서도 단연 자주 쓰는 이야기는 당신의 이야기입니다. 당신에게도 당신만의 당신이 있겠죠. 당신이 기억하는 여러 당신 중 가장 희미한 당신이 쓰는 당신에 대한 미련이겠습니다.

당신에 한해서 그 생각이 나를 그 생각으로 이끕니다
서로 얼굴을 맞댄 확성기처럼

그립다는 생각에 더 그리게 되는 새벽입니다
좋아한다는 생각에 더 애정하던 그날처럼 말입니다
어떤 생각은, 내가 내 생각을 이끄는 것이 아닌
그 생각이 나를 이끄는 것 같습니다
걷기 위해 옮긴 걸음이 나를 걷게 만들다니요
내가 하는 생각인데, 그 생각이 결국 나를 그렇게 이끈다니요
얼굴을 맞댄 확성기처럼 서로가 서로를 견인하며 증폭됩니다
그래서 무엇이 더 먼저일까요
어렵습니다 닭이 먼저냐, 계란이 먼저냐랄까요
하지만 나도, 내 생각도 그 시발점이 될 수 없었습니다
그 시작은 당신이거나 혹은 당신 생각이었겠지요

슬프다는 생각에 더 슬퍼지고, 더 슬퍼진 생각은 나를 더 슬프다 생각하게 합니다

보고 싶다는 생각에 더 보고 싶어지고, 더 보고 싶어진 생각은 더 보고 싶다 생각 들게 합니다

당신 생각은 아이러니하게도 그 생각 덕에 그 생각이 더 나는 생각이겠습니다

지금껏 써내려온 글이 100만 자는 훌쩍 넘길 것 같았고, 읽어준 이는 그 수만 어떤 책의 글자 수만큼이나 되었지만 고작 '사랑한다'는 네 글자가 한 사람에게만은 읽힐 수 없었다. 아이러니하게도 지금 글을 쓰는 이유가 곧 그것이었다. 아니, 아련하게도 아른거리게도.

원치 않는 멀어짐이란 그런 일

누군가와의 멀어짐이란 자전거 보관소에 먼지가 쌓인 어느 자전거처럼 나를 다시 찾아주길 바라며 묵묵히 기다리는 일 저 스스로 페달을 밟을 수 없는 일 나아갈 수 없는 일 기다리는 그곳이 곧 폐차장과 같아지는 일 그가 앉았던 안장에 더 이상의 온기가 사라지는 일 어떨 땐 녹슬다 무너지는 일 힘차게 달리던 바퀴와 속박되었던 고리만 남는 일 그런데도 거기에 한 자리 꿰고 비켜지지는 않는 일

시차적응

"그리워요." 혼잣말을 하는데 눈물이 조금 먼저 터지게 되는 사람이 있습니다. 그립다는 말로는 전부 표현할 수 없어 울게 되는. 그.립.다는 생각의 속도보다 눈물의 속도가 조금 더 앞서는. 난 아직 거기에 익숙해서, 그리움보단 슬픔의 속도가 더 빠르게 도착해요. 번개가 반짝이고, 소리가 나는 것처럼 말이죠. 요즘은 밤잠을 설쳐서 아직 잘 때가 아닌데 졸립고 깰 때가 아닌데 깨어 있습니다. 걱정 마셔요. 곧 괜찮아질 겁니다. 꼭 그렇게 믿어봅니다. 좀 지나면 사라질 시차적응 같은 거라고. 나는 아직 거기라서 지금 여기가 적응되지 않을 뿐이라고. 누구나 한 번쯤 겪게 되는 이상징후 같은 거라고. 그렇게 생각하고 눈감아봅니다. 조금도 연착되지 않은 슬픔 덕에, 공항에서 당신이 나를 반기는 꿈을 꾸겠습니다. 보고 싶었다는 듯, 오랜 기다림으로 지친 나에게로 다가오며 손 흔들고 있는.

다 했다는 찬란함에 대하여

"마음을 다했다." "전부 썼다." 당당히 말할 수 있는 만
남은 내 삶의 긍정적인 추억이자 앞으로의 양분이 됨
을.

누가 보면 집착이고, 미련이며 찌질함에 가깝더라도
나는 곧 떠나갈 것에 대해 마음을 다하고자 애쓰는 편
이었다. 쓰임을 다하는 것이야말로 그것에 대한 가장
아름다운 마무리이자 최선의 예의라 생각했으니.

다 쓰지 못한 마음은 간직하기에도 그렇고 버리기도
애매해서 안타깝기만 한 비련에 가깝다는 것이다. 마
음을 다해본 사람은 안다. 쓰임을 다한 모든 것은, 아
름답지 않을 수 없다는 것.

"무엇을 향해 다 쏟아낸 마음은 곧, 잊을 수 없는 찬란
했던 시절이라 기억되리."

삐뚤빼뚤, 일기장에 적어놓는다.

291페이지

아끼고 아껴서 하루에 한 페이지씩 읽던 이 책도 결국
다 읽어버렸네요

총 291일이 걸렸어요 291일…

선배, 근데 벌써 초겨울이에요

봄 여름 가을 그리고 겨울

이상하죠, 아껴 읽으니까 오히려 기억에 잘 안 남아요

그도 그럴까요

당신이 선물한 책이라 너무 소중해서 아껴 읽은 책인데

읽는 간극이 너무 길었던 나머지

다음 페이지를 읽기도 전에 잊어버리길 반복했어요

이거, 소시지 반찬을 아껴 먹다 친구에게 빼앗긴 기분이에요

너무 아끼지 말걸

291일을 더해서 다시 읽으면

그땐 오래 기억에 남으려나요

아님, 조금 덜 흐릿하기만 할까요

하루 만에 다 읽어버리면, 전부 다 기억될 수나 있었을까요

너무 아껴버리면

결국 다시 되돌아가는 도돌이표라도 되는 걸까요

영원한 여름이었으면 싶었다

그와의 여름은 슬펐다. 자주 비가 왔고, 아닌 날엔 습했다. 밤이면 식은땀에 젖고, 새벽은 미열이었다. 그래도 괜찮게 슬프고 아팠다. 아주 괜찮아서 이게 영원하면 싶었다. 껴안고 살고 싶었다. 우산 하나, 함께 나눠 쓸 때면 온 여생이 너와의 여름이었으면… 소망했다.

환절기

환절기가 되면 하늘을 보고 멍때리는 일이 잦아졌다
고개를 들어 작년 환절기 즈음을 기억해본다
여름에서 가을로 넘어갈 때 정도의 계절이었다
우리나라의 계절이 4계절은 아니라 생각했다
5계절 정도라고
가장 열렬한 여름에서, 한순간 가을로 넘어가기가 꽤
어색한 일이었다
봄 여름 환절기 가을 겨울 정도라고 쳐주자

그 계절 안엔 누군가가 있었다
하나의 계절이라 부르기엔 모호하지만, 분명 계절이었
던 누군가
아주 명확하진 않은 감정이 코끝으로 들어오니 재채기
가 심하다

코를 훌쩍이는 나에게 누군가 말을 건다
재채기를 참으시나요

나는 고개를 치켜세워

참고 있어요

말한다

알러지가 있나 봐요

묻는다

나만 아는 계절이 있어요

그것을 참고 있습니다

말했다

네 이름

　　너무 방대해서 무엇부터 적어야 할지 모르는 일이 있
다.

　쓰다 보면 네 이름만 남아버린 글처럼

　너무 커서 적다 보면 외려 한없이 작아지는

　사랑한다는 말만 덩그러니 남은 편지처럼

여름을 사랑한다는 말은
장마까지도 사랑한다는 뜻이었는데

　나 너의 말을 기억한다. 사계절에서 여름을 가장 사랑
한다는 너에게 물었지. 여름이 왜 제일 좋느냐고. 너는 답한다.
푸릇한 숲과, 광활한 바다, 개어진 하늘을 보고 있으면 마음이
맑아진다고. 장마만 아니면 완벽하다고. "장마는 싫어해?"
"응… 꿉꿉하잖아 찝찝하고, 우울하고 내 생각의 여름과는 거리
가 멀어." 너의 말을 알게 된 후로 비가 오면 무릎이 쑤시는 것
처럼, 꽤나 모순적인 네 이야기가 뇌리에 쑤신다. 나에게 여름
을 사랑한다는 말은, 장마까지도 사랑한다는 뜻이었는데. 넌 그
게 아니었구나 하고.

만 개의 공백

어느 나라에서든 공백을 한 개체의 활자로 삼아 문장의 글자 수를 가늠한다. 그러니까 "잘 가요 당신." 이 문장은 여섯 개의 활자로 보이는 여덟 자의 문장인 것이다. 모든 문장은 보이지 않는 호흡도, 그 문장 안에서의 역할을 함을 인정하는 셈이다.

그리하여 드디어 마침표 하나 없는 수만 자의 한 문장에 종지부를 찍었다. "잘 가요" 그리고, 일 년이나 걸렸나. "당신."까지. 겨우 여섯 개의 활자처럼 보였지만 대략 책 한 권 펴낼 정도의 글자 수였다. 그 안에 만 개의 공백은 기다림이요 침묵이고 때론 원망이며 무너짐이었다. 매일 호흡이 가빠 그 안에 쉼표

삼백육십오여 개 정돈 더 들어가 있었다.

생이 곧 사랑이라

난 종종 궁금해 언젠가의 우리가 늙어서… 황혼의 나이가 되면… 한때의 서로를 기억이나 할까…? 넌 그 생각 안 해봤어? 궁금하진 않아? 보는 당신도 엄마한테 물어봐. 아님 할머니한테. 울 엄만 그러더라 한창때 만난 모든 이를 기억하며 추억한다고 말야. 가벼웠더라도 흐릿하게 기억은 난다고 힘이 잘 들어가지도 않는 손가락 접어가며 촌스런 이름 석 자 순서 세워 말할 수 있다고. 물론 아빠한텐 미안한 일이지만 그걸 어떻게 잊냐. 자주는 아녀도 소식이 궁금하다고. 니네 아빠도 같을걸? 코웃음 치며. 젊음이 젊음인 걸 모르고 살았던 그때에 함께였던 사람들이라고. 아름다운 걸 아름답다 여기지 못했던 우리가 한때 숨을 나눴노라고. 전우애에 가까운 걸까? 하긴 삶이 전쟁통이지. 그 속에서 기어코 빛났던 우릴 쉽게 버릴 수가 있겠냐. 많은 이들의 주름 사이로 숱한 아름다움이 덕지덕지 껴 있다. 지나간 이들의 이름이 지금까지의 내 삶을 견인했다. 살아 있단 건 '나 당신을 기억해요'와 같나. 나 죽거든 묘비명은 생이 곧 사랑이라 적어두겠다.

아름답기도 안타깝기도

다만 떠난 이의 행복을 진심으로 응원할 수 있을 때
그때 우리는 성장했음을 깨닫게 된다
그래서 "당신을 사랑해요." 이 말은
진행형이건 과거형이건 곧 성장일 것이다

아름답기도 안타깝기도, 사랑은 그러한 것이다

애정하는 마음이 가장 예술이에요

언젠가 북토크를 하며 독자와 작가 간에 고민을 털어놓는 시간을 가졌다. 내 고민 시간이다. 너무 대중적인 글쓰기만을 지향하는 것에 회의감을 느낀다. 예술적인 글쓰기도 해보고 싶다. 누군가를 위한 글만 쓰는 것 같아 혼란스럽다. 그게 가장 고민이다. 말한 적이 있었다. 그러자 나이 지긋한 독자분이 말한다. "누군가를 위하는 것만큼 예술인 것이 있을까, 애정하는 마음이 가장 예술이에요 작가님."

애정하는 마음이 가장 예술이다.
난 아직도 그 문장을 잊을 수 없다.

난 괜찮다

서로의 마음이 빛나는

삶을 가꾸어갈 테니

1. 언젠가의 이별을 다시 떠올린다. "안 괜찮다." 말하려고 하는데, "난 괜찮다" 이 말이 한발 앞서 튀어나왔다. 난 괜찮다고. 잘 살겠다고. 그러니 너도 그러길 바란다고. '안'과 '난' 고작 한 글자 차이였지만 두 활자 사이의 간극은 지구 몇 바퀴는 돌아도 좁혀지지 않을 법했다. 어쩌면 오늘부터의 그 나의 거리처럼.

2. 그 앤 내 말에 "이해해줘서 고맙다" 답을 했다. 그리고 마지막 안녕 인사. 나 그리고 며칠의 새벽은 알콜기와 후회가 섞인 한탄에 가까운 호흡을 반복했다. 눈에 물때가 낄 것처럼 울어 방 안은 우기였다. 나, 안 괜찮다고 어린 애처럼 떼써볼걸 따

위의 미련. 슬픔보다 후회가 앞서 나의 왼쪽 명치를 자꾸 때렸다. '난 괜찮다'는 말이 나온 거. 나온 말을 고쳐 말하지 못한 거. 왜 그런 미련을 부렸지 싶었었다.

3. 허나 단언컨대 지금의 난 '난 괜찮다' 꺼낸 걸 후회하지 않는다. 그때, 안 괜찮다며 질척였다면, 고맙다는 답이 아닌 미안하단 답을 들었겠지. 예상컨대 그건 미련보다 비련에 가까운 안녕임을 이제는 안다. 마지막을 미안해하는 상대와의 안녕은 서로의 시간에게 정말 미안할 안녕임을. 어찌 되었건 그 애와의 마지막은 마음의 퇴보가 아니었음에 깊은 고마움을 건넨다. 그때의 말마따나, 정말 나 괜찮게 잘 지내고 있으니. 그 애도 그러고 있기를 바라는 후련까지도 더해져 있으니.

시간이라는 여과장치로 인해 서로의 부정이었던 것들이 정화되어, 긍정의 응원만이 가득하기를. 머무르거나, 진보하는 마음이기를. 그 누구와의 마지막을 동정하지 말 것이며 만남을 동냥하지 말 것이다. 대신 고마움을 표하고 간직함을 약속하며 대담히 물러서 그리워할 수 있기를. 우리 모두 서툴더라도 괜찮은 방향으로 마음을 견인할 수 있기를.

기억하려고 노력해야 해

잠시 버려지더라도, 잠시 미움받더라도,
그래서 무너질 것 같아도, 무너지고 있어도,
사랑하는 사람들을 기억해.
사랑해주었던 사람들을 기억하고.

한때 빚인 줄 알았던 것들은 전부 빚이지.

그러니 행복하게 살아.
그들의 사랑에 대해 죄송하지 않도록 열심히 갚아나가
야 되는 것이야.
네 행복을 위해 그들이 값진 시간과 마음을 건네준 거
야.
그것을 쓸모없게 만들지 마.

삶과 사람과 사랑의 이유는 오직 그것뿐이야.
네가 행복해야 그들도 헛되지 않다는 것.

J

1. 언젠가 여름이었다. J는 나와의 여행을 마친 후 지친 목소리로 "정말 힘들었다." 말했다. 당분간 바다는 보지 않아도 될 것 같다고. 하긴, 모든 일은 가끔일 때가 가장 행복하다고. 나는 불안했다. 가는 차 안에서 '그럼, 사랑도 가끔씩 하는 거'냔 물음을 던진다. 흘러나오던 음악이 곧, 후렴구로 다가왔다. 그는 여행과 사랑은 좀 다르다고 했다. 여행은 '몇 박 며칠!' 기간을 정해두고 떠나지만… 사랑은 그게 여행인지 모르고 계속 여행하는 거. 그게 사랑이라고. 그의 답에 혼잣말을 했다. "그치. 그래서 사랑은 지치지 않지." 정도의. 후렴구가 꽤나 시끄러워서 그에겐 잘 들리지 않을 정도로. 넌지시 혼자 답했다.

2. You're so fuckin' special

넌 아주 특별한 존재지

I wish I was special

나도 특별한 존재였으면 좋겠어.

3. 〈Creep〉의 고조된 음향과 석양 그리고 대화가 어울려 왠지 모를 감정이 커지는데 고갤 창으로 돌려 억누른다. 눈을 깜빡깜빡. 그때마다 붉은 석양은 잔상이 되어 검은 화면에 영점이라도 잡듯 새겨진다.

그에게 난, 사랑이 아니라는 것쯤 알고 있었다. 여행과 같이 가끔 즐기는 사람 정도란 거. 그래서 지칠 거라는 거. 허나 바라기를 지금이 아름답기를. 지금 순간이 미화되기를. 바랬다. 태양이 사랑이라면 석양은 여행이었고, 잔상은 J였다.

4. J와의 기억은 특별했다. 그가 나에게 특별했기에. 당신은 떠났지만 나, 여전히 여행인 줄 모르는 여행 중이다. 나 아직 그때에 머물러 있다고. 이후로 계속 비슷한 속도로 어딘갈 가고 있으며 석양과 함께 〈Creep〉을 듣고 있고, 당신은 환승역에 내려 여행 아닌 사랑으로 향했을 뿐이라고.

그에게 난, 사랑이라는 긴 여행을 준비하는 잠시일 뿐이었다. 너는 이제 어딘가에서 정말 사랑을 하고 있겠지. 그게 여행인 줄도 모르는 끝없는 여행을 하고 있겠지. 여행은 떠나는 순간보다, 준비하는 시간이 더 설렐 때가 있다. 그에게 난 긴 여행을 준비하는 설렘의 순간이었기를 간절히 바랄 뿐이다.

5. 그리고 다시 여름입니다. 당신이 살고 있는 여름은 어떤가요. 숲이 울창해도 이 더위에 바싹 마르게 되겠죠. 핀 아지랑이는 구름이 되어 비를 내리겠죠. 거리에 아스팔트가 뜨겁게 달궈져도 언제 그랬냐는 듯 식게 되겠죠. 다 그렇게 변하고 지나가는데 영원한 게 있다면 기억뿐이에요. 당신은 사랑과 여행이 좀 다르다고 했지만, 둘 사이엔 헤지지 않는 멋진 기억이라는 공통분모가 있어요. 힘들었건, 재미있었건 상관없이 말이죠. 그래서 사람들은 여행을 떠나고 사랑 비슷한 걸 하는 거겠죠. 빛나는 것들로 마음을 가득 채우고 싶어서. 가득 채운 마음, 누군가에게 몽땅 전해주고 싶어서. 나, 이런 기억을 살아왔노라고 아름답게 속삭이고 싶어서.

버려졌다 싶은 만남에서조차
서로가 성장했음을 느끼게 될 때
마음으로 알게 된다
모든 비루하게 느껴지는 만남도
버릴 것 하나 없는
아름다움이었음을

J는 나에게 있어
그런 의미의 깨달음이었다

"다음 생에는 너로 태어나 나를 사랑해야지." 이번 생은 우리, 이어지긴 글렀다 생각했을 찰나였다. 작자 미상의 글귀가 눈에 들어온다. 다음 생이라… 내가 네가 되어 나를 사랑하기라도 하면, 만약 그럴 수 있다면 우리가 이어지는 것일까. 용기 내어 너에게 전화 건다. 다신 연락하지 말랬는데, 정말 미안합니다. 그러지 말고 우리 이번 생에 만나요. 이번 생에 이어져요. 지금 찾아가도 되요? 무릎 꿇고 만나달라고 빌게요. 다음 생엔 우리 원수지간으로 지내도 좋으니 제발 이번 생에는 나랑 살아요. 내 손을 잡아요. 세상 모두가 당신을 포기했으면 좋겠어요. 나만 꼭 붙잡고 어디 조용한 곳으로 도망가버리게요. 당신 없는 나는 다음 생을 기약할 수도 없습니다. 나 이러는 거 지겨워 죽겠죠. 정말 미안합니다. 다신 이러지 않기로 했는데. 하지만 어떡해요. 이게 내가 할 수 있는 고작의 마음이자 최선의 노력인걸요.

3

다음 생에는
너로 태어나
나를 사랑해야지

때는 날이 추워지는 10월이었다
무턱대고 내 인생에 들어온
분에 넘치는 사람이 있었다

기억하기론
오늘의 운세는 악운이었는데…
하며 걱정을 했다

영화 보러 갈래요?

　

"저 영화관 간 지 오래되었는데 다음에 나랑 영화 보러 갈래요?" 내 삶에도 일상적인 한 문장이 꽂힌다니요. 아무렴요. "좋아요. 요즘 재미있는 영화가 뭐가 있지요? 곧 〈스파이더맨〉 이 나온다는데 마블 좋아해요?"

사실 마블이고 〈스파이더맨〉이고 나는 관심 없어요. 당신이 가고 싶다는 영화관에 함께 갈 수 있다면 채플린의 무성 영화를 본다고 해도 아름다운 배경음악이 깔린 로맨스 영화 같을걸요. 근데… 마블 좋아해요? 나는 히어로물을 좋아해요. SF를 좋아 하고요. 내 삶에 있을 법한 일보다, 절대 일어날 일 없는 신비한 경험에 관심을 두는 사람입니다. 그리고 오늘 당신의 한 문장은, 내겐 일어나지 않을 법한 신비한 일이었어요. 이렇게 예쁜 사람이 영화를 보러 가자 말해주다니요. 꼭 영활 보지 않아도 괜찮아요. 그냥 걷기만 해도 좋아요. 굳게 닫힌 마음을 열어준 당신이 영웅이고, 지금 우리는 아름다운 영화인걸요.

~겠습니다

"'~겠습니다'를 자주 쓴다고요?"

"아뇨 자주는 아니고… 여러 가지를 섞어 쓰는데, 꼭 마지막은 '~겠습니다.'가 많아 보여요. 내가 발견한 영욱 씨 책에서의 문체예요."

'~요' 와 '~니다'를 섞어 쓰고요, 그 끝은 '~겠습니다' 이게 내 문체라며 그가 말해줍니다. 나는 모르고 적어왔는데, 그걸 알아주다니요. 그는 나조차도 몰랐던 나를 발견해줍니다. 어쩜 이런 세세한 알아줌 하나하나가 전부, 과분한 애정으로 향하고 있단 뜻일지도 모르겠습니다.

우리가 열렸을 수도 있겠습니다

오늘, 당신과 만나기로 했던 카페는 도착해보니 휴업 중이었습니다. 그래서 부랴부랴 다른 카페를 검색해서 찾아갔지요. 웬걸, 그곳은 또 하필 공사 중이네요. 당장 연 곳이 없으니 아는 곳으로 가자는 당신. 그곳은 네가 살던 예전 집 근처의 카페였습니다. 이곳에 살 때에 참 많이 갔다면서 근방에 다 와가는데, "혹시 없어진 거 아니겠지…?"라는 말에 걱정이 앞섰지만, 모퉁이를 돌아서 안심이 되더군요. 그 카페, 다행히도 그대로 있네요. 우린 한참의 이야기를 나누며 선물을 주고받았죠. 나는 캔들을, 너는 핸드크림을.

겨울의 낮은 생각보다 더 짧지요. 일찍 해가 지고 나서, 날 데려가주고 싶다던 와인바로 향했습니다. 이름이… 섬광이었던

가요. 간판이 없는 그곳은 도착해보니 분위기가 영⋯ 열린 가게 치고는 어둡습니다. 세상에 이런 일이 있을까 싶었습니다. 하필 와인바도 쉬는 날이라니요. 일요일 휴무는 뭐 이렇게도 많은지. 속상한 마음을 꾸욱 감춰봅니다.

   오늘은 정말이지 맘대로 되는 것이 없었어요. 닫힌 곳이 많았고, 때문에 예정에 있던 것들이 아주 바뀌었죠. 맘대로 되는 것이 없었다는 건⋯ 꼭 장소 이야기만은 아닙니다. 잘 보이고 싶어 입고 간 외투는 오늘의 날씨에는 좀 덥게 느껴졌고요. 몇 번이고 만져보아도 머리는 맘에 쏙 들지 않았죠. 이마엔 뾰루지까지요. 그렇다고 꼭, 외모 이야기만은 아닙니다. 다가서고 싶은 마음, 주체 못 하고 선 넘는 이야기를 꺼내기도 했지요.

   그나저나 당신은 오늘 어땠나요. 난 그래도 참 만족합니다. 생각대로 되지 않았던 수없는 일들 사이로 생각지도 못한 마음이 피어났을 수도요. 예정에 없던 말을 꺼내봅니다. "좋아해요."

   설레는 마음으로 도착한 집에선 쓰지도 않는 일기장을 꺼내 조그맣게 적어둡니다. "닫은 곳이 많았던 날, 어쩌면 나와 당신이 열렸을 수도 있겠습니다."

당신은 알까요. 정말 오랜 시간 모르는 당신을 기다려왔는데 말이죠.

오늘 잡았던 손 때문인지, 집에 가는 내내 무화과 향이 가득 풍기는 손바닥이었습니다.

당신이라서요

아마도 삶엔 의도치 않은 기적 같은 만남이 있다

모르는 당신을 나 오랫동안 보고 싶었고, 찾고 있었다 또 기다려왔다

지금까지 모든 인연이 너를 만나기 위해 잠시 놓여진 길 같았다

뜬금없는 고백에

그는 취했어요? 묻는다

나는 "아니요, 새벽이라서요." 답한다

속으론 "당신이라서요." 답하고 있었다

당신을 처음 본 순간
원래부터 나에겐 선이었어요

성악설을 믿으세요 성선설을 믿으세요? 사람들은 '원래부터' 놀이를 좋아해요. 그래서 그 사람이 원래 어떤 사람인지, 원래 옳은 마음인지 따지고 들어요. '원래'라는 시발점이 그것을 가늠하는 전부라고 생각하죠. 꼭 뒤늦게 뒤통수 맞고 "원래부터 그 새끼는 악질이었어." 말하면 속이 좀 편하다죠. 근데요, '원래'가 진리는 아녜요. 영원불변이 아니라는 거죠. 그거 알아요? 인류의 진화는 신이 존재했기 때문에 발전 가능했다는 거. 정말 원래부터 신이 존재해서, 그 신이 인류의 발전을 꾀했다는 뜻이 아니라, 신의 존재를 믿는 종교가 생기면서 피를 나누지 않은 사람들끼리도 뭉치고 부족 단위가, 그리고 집단이 또 나아가 나라가 건설되었대요. 뭐, 그게 신의 큰 그림일 수도 있다만, 내가 말하고자 하는 건 이거에요. "'원래'의 진실은 중요하지 않다." 원래부터? 그게 뭐 중요한가요. '애초에'가 중요할까요. 원래부터 신은 없었더라도 그 믿음으로 인한 발전이 중요한 거 아녜요? 살아가면서 누군가에겐 악이기도 하고 선이기도 한 게 사람이잖아. 그러면서 악은 상처를 입히고 선은 누군갈 껴안겠죠. 우리의 생은 그렇게 발전해나가는 거 아닐까. 피를 나눈 것도 아닌 사람들끼리 원래부터 내 사람이라고 생각하며 뭉치고, 뒤엉키며 삶의 이질적인 간극이 점점 좁혀지겠죠. 원래부터 그 누가 좋은 사람이었건, 나쁜 사람이었건, 내 사람이건, 내 사람이 아니건 단지 당장 누군가를 선이라 생각하는 마음이 모여 단단한 관계가, 사랑이 만들어지겠죠. 당신과 나는 서로에게 선일까 악일까. 원래 좋은 사람이었건 나쁜 사람이었건을 떠나서 말예요. 원래부터 악한 사람이라도, 지금은 나에게 원래부터 선이었다 믿고 걸을게요. 신이 실제론 없더라도 있다 믿어서 이룩한 지금 현대의 문명처럼. 당신이 가진 원래의 악도 지금 내겐 마치 선인 것처럼. 이제 내 생의 악역은 당신 아닌 사람들로 충분하죠.

사람 사랑하는 일

계단은 위를 향해 생겨난 것일까, 아래를 향해 생겨난 것일까. 나는 앞의 계단처럼 어딘가 향하고 있는 길이지만 단호하게 모르는 것들을 '사람 사랑하는 일'이라 부른다. 사람 사랑하는 일. 꼭 그렇지 않은가. 손을 비비는 것처럼 무엇이 위로 향하는 건지 잘 모르는 일. 그러나 명백히는 따뜻해지는 일. 걸음을 둔 계단처럼 이어짐의 수단으로 향하고 있는 길.

누구에게나 있다

먹구름 사이로 내려오는 빛처럼 우울함 속에서 누군갈
동경한 적
세상에 봄이 없어도 마음에 꽃이 필 것 같은 적
아까워서 하루에 한 장씩만 읽고 덮은 적
닿지도 않을 장애물을 보고 고개를 숙인 적
쓰지도 않는 반대 손으로 적는 편지처럼 엉망진창이었
던 적
심해에 빠진 것처럼 하고 싶은 말이 나오지 않은 적
다 쓰고 버려진 심지처럼 의미 없어진 적
차라리 걔네 집 개가 부러웠던 적
옆구리 터진 핸드크림처럼 자꾸 새어 나온 적
누군가의 행복을 위해 나를 바친 적
그 바침도 고작 나를 위한 이기적임이었음을 깨달은
적

구겨지지도 않았지만 다시 쓸 수도 없는 젖은 종이 같
은 기억이 있다
방금 태운 담배처럼 그게 나를 해치는지 까먹고 삼키

는 것이 있다

꼭 저절로 하게 되는 습관처럼 해묵은 마음이 있다

가끔 난 모든 것이 속절없이 사라진단 것도 잊어가며

누군갈 염원한 적이 있다

북북 찢어서 변기통에 버려봐도 기억되는 사진이 있다

카페, 노래

그가 좋아하는 카페에 도착했을 때,

그렇게 자주 들었다던 노래가 마법처럼 들려왔다.

나는 말을 꺼낸다.

네가 좋아하는 노래가 들려와.

그는 답한다.

"진짜, 이거 어떻게 기억하고 있어?"

"응 노래가 좋아서 기억하고 있었어."

말했다.

조금은 슬픈 눈이었다는 것, 그는 알고 있을까.

그건 네가 들려왔다는 말이고,

노래가 아닌 네가 좋다는 말이었다.

너를, 보다 세밀하게 기억하고 있단 뜻이었다.

너는 그 카페와 그 노래를 좋아했지만

나는 그 무엇 없이도 그냥 네가 좋은 탓이었다.

당신은 나에게 그런 사람이다

누가 낸 지 모르는 산속의 샛길처럼, 보이긴 하지만 감
히 나설 수 없는
   울림이 있는 작자 미상의 시처럼 기억할 순 있지만, 다신 찾
을 수 없는
   아직 주소지가 없는 공사 현장처럼 생기고 있지만 머물 수는 없는

   당신은 나에게 그런 마음이다

   과정이 두려운 길이거나
   말하는 이가 불분명한 이야기거나
   감히 완성되지 않은 쉼이거나

이미 알아버렸다는 영원한 멀어짐

어떤 사람은 이미 알아버렸다는 게 아픈 사람이 있다.

다른 시간에 마주쳐서 영원히 이어질 수도 있는 사람을,

하필 지금 알아버려서 다신 모르는 척 지내야 하는 경험은 켜켜이 쌓여왔다.

누군가를 알게 된다는 건 영원한 멀어짐일 수도 있다는 말인 것 같아서,

이미 이어져버린 누군가와의 관계는 섬뜩하기까지 했다.

이어짐을 직감했어도, 멀어짐이 더 익숙할 때가 있었다.

오늘도 바쁘다는 그에게 나는
고생했다며 하루를 다독여준다

언제부턴가 그가 보고 싶을
때마다
"오늘도 고생했어요."
말하고 있었다

사실은 좁아터진 사람입니다

마음이 넓은 척해도 내심 서운합니다
이해는 하더라도 아주 속상했고요
마음이 넓은 사람이 이상형이라는 네 말마따나
나는 좁아질 수 없는 사람이 됩니다
태평양의 바다보다 넓은 사람이 되어 다 포용해주고 있어요
너는 알까요
나 사실 그 바다에 가라앉은 작은 몽돌보다도 좁고 작고 애달
픈 사람이라는 걸요
나 여전히 그 깊은 바닥을 굴러다니고 있어요

연락이 뜸해지면
마음도 뜸한 건가요

연락이 뜸해진다는 건, 마음이 뜸해졌다는 걸 의미할까요? 좀처럼 약속이 잡히지 않는 것도, 그만큼 마음이 멀어진 거래요. 인터넷에 돌아다니는 글들을 보면 모든 것이 죄다 마음의 문제라고 말해요. 만나는 주기나 말투, 연락도 선물까지 또… 또… 전부 마음의 문제래요. 마음, 마음, 마음. 근데 정말 그것들, 다 마음만의 문제일까요?

답답함을 못 이겨 조언을 구해봅니다. "어젠 몇 시간 동안 연락 없는데, 그만큼의 마음이 없다는 거겠지?" 십중팔구는 맞다고 해요. "이날도 바쁘다고 하는데…. 거리 두는 거겠지?" 잘 알고 있다고, 마음에 쐐기를 콱 박아요. 부담을 주지 말고 알아서 물러서는 게 보기 좋대요. 근데, 또 십중일이는 말하네요.

"마음과는 다르게 별개로 연락이 툭툭 끊기는 사람이 있더라."
고, "마음은 있어도 어떤 사정으로 밀어내는 사람이 있다."고
말예요.

   당신이 뜸해질수록, 나는 기적을 믿어요. 듣고 싶은 말만 듣
고, 긍정 회로를 펼치죠. 열 명 중 여덟아홉 명이 하는 말보다
한두 명이 하는 말을 믿게 돼요. 세상 어딘가에 아틀란티스가
있을 거라 믿는 어린아이처럼. 안 좋은 예상은 대부분 적중하지
만, 이번만큼은 내가 빗겨났기를 바래요. 일찍 죽을 거란 클리
세가 빗나가고 결국엔 살아남은 B급 영화의 조연배우처럼.

   연락이 툭 끊기던 날엔 불안과 함께 기다리는 내가 싫어서 핸
드폰을 꺼놨습니다. 배터리가 방전돼서 연락을 못 했다는 전화
라도 올까…? 생기지도 않을 일들을 앞에 두며 상상하는 걸 보
니, 당신 생각 잠시라도 꺼놓을 수 없는 사람인 거 같아 비루하
게만 느껴졌습니다. 어디서 이러고 다니지 않았는데, 나 진짜
쉬운 사람 아닌데, 속상했습니다.

   잔뜩 술 취한 목소리도 좋으니, 이제 들어가고 있다고 연락해
주면 좋겠어요. 아주 뜬금없어도 괜찮습니다. 사진만 툭 보내도

되고요. 아니면 두서없이 이날 보자고 해줘요. 시간 없으니 좀 와달라고. 나 일 접어두고 그쪽으로 갈 테니. 얘기 좀 짧게 하자고 해줘요. 사정이 있어서 괜찮아지면 연락하겠다고. 그냥 이런 일들이 있어서 지금은 나에게 신경 쓰기 어렵다고. 그런 것들만 던져주면, 재촉할 만큼 속이 좁진 않아요. 보모가 보는 애처럼, 서로 피곤하게 떼쓰고 울지도 않아요. 그냥 지나가는 모습들만 보여주어도 입 꾹 닫고 기다릴 수 있는 사람입니다.

이야기를 어디서부터 시작했죠? 아, 마음이요 마음. 사람을 만나는 데에 모든 것이 마음 탓이라니, 하긴 마음 탓이 아닌 게 있으려나요. 그럼, 이 모든 불안도 당신 탓이 아니라 내 마음 탓인 거겠죠. 관심을 재촉하며 나쁜 사람으로 몰아가고 싶은 게 아니라, 그냥 내 마음 탓이라고요. 서툴게 열려버린 내 마음 탓.
오가는 서로의 마음에서 자칫 속상함이 있더라도, 상처로 남지는 않기를. 네 마음이 쉽게 방전되진 않기를 바라며.

소소한 이야긴데요, 요즘 내 핸드폰 배터리는 화면을 켰다 끄기를 반복하다 보니 금세 닳아버려요. 핸드폰이 고장 나서는 아니겠죠? 나의 애탄 마음이 배터리를 금방 방전시키는 거겠죠. 마음의 탓 말예요. 마음의 탓.

저절로 나는 것들

나의 어릴 적 마트에서 변신로봇을 사달라며 배 뒤집고 엉엉 울 때, 엄만 창피한 눈치로 제발 좀 그만 울라며 야단쳤지만 그건 내가 내는 울음이 아니었다. 변신로봇 때문에 저절로 나는 울음이었다. 그래서 멈추라고 해도 내가 멈출 수 없었다. 변신로봇이 갖고 싶단 애틋함과 갖지 못할 거란 슬픈 예감에 그냥 저절로 나는 거였다. 깊이는 조금씩 다르겠다만 생엔 그런 것들이 숱하게 존재한다. 그래서 어떻게 멈출 수 있는데, 어떻게 참을 수 있는데 하는 것들이. 당신이거나 그리움이거나 미움이거나 원망이거나 애정이거나 하는 것들이. 도통 방법은 알 수 없다만, 언젠간 그만둬야 할 거 같은 것들이.

온 우주가 우리에게 그만두라고 할 때

어떤 만남은 그렇더라고요.

흩어지기 위해 생겨난 연기처럼

가라앉기 위해 생겨난 먼지처럼

둘이 되고 싶은데 뭉쳐지지 않고

볕 좀 쐬고 살자는데 자꾸 지하로 고꾸라집니다.

한쪽 눈을 크게 뜨기 위해 한쪽 눈을 감는 것처럼

네가 행복하기 위해 내가 줄어들어야 하고

내가 행복하기 위해 네가 작아져야만 하겠습니다.

온 우주가 우리에게 우리이기를 그만두라고 하는 그런 비극

적인 만남이 생애 몇 번씩 있는 거 같더라고요. 그게 하필 너라
는 게 또 비극이겠습니다.

그냥 틀어놓으래요

초등학생이었나요. 공원에서 수도꼭지를 트는데 녹물
이 나와요. 나는 당황해서 엄마를 찾죠. 엄마는 틀어놓
고 있으면 된대요. 나는 "왜?" 묻죠. 근데도 틀어놓으
래요. 물 아깝잖아… 말했는데도 그냥 틀어놓으래요.
그럼 깨끗한 물이 나올 거라고. 그때 세수를 하고 흙먼
지를 씻어내자고. 그냥 틀어놓으면 된대요. 그럼 안에
더러움이 없어지고 깨끗한 물이 나올 거래요. 나는 이
말을 잊지 않고 기억합니다. 어떤 때에는 멈추지 말아
야 할 것들이 있습니다. 온종일 틀어놓아야 할 때가 있
습니다. 멈추지 말고 틀어두어야 할 것들이 있습니다.
그럼 곧 깨끗해질 거라는 것을 기억하고 또 기약합니
다. 근데 내 눈은 왜 쇠도 아닌데 오랫동안 비릿한 녹
물을 흘리는 걸까요. 누구 말마따나 이대로 틀어놓으
면, 깨끗해질 수나 있을까요.

우린 다른 계절을 살았지요

올해 여름은 뜬금없이 태풍이 두 번이나 온대요. 지금 밖은 천둥 번개가 치고 있어요. 너는 아무 연락 없이 잠들었겠지만 내 마음 또한 천둥 번개가 칩니다. 지금 내 주변은 번쩍거리고 소리치며 습하지만 당신은 포근하고 또 고요하겠죠. 이런 마음이 곧, 우리가 다른 계절을 살고 있다는 뜻일까요. 온도가 달라서 다른 계절을 사는 걸까요 다른 계절을 살고 있어서 온도가 다른 걸까요. 눈이 오듯 포근했던 우리의 예전을 떠올리며. 그땐 날이 쌀쌀했어도 따뜻했고, 지금은 바싹 마른 더위에 열을 식힐 새 없어도 추워서 열병에 걸릴 것만 같죠. 밖은 또 천둥 번개가 쳐요. 그 덕에 당신이 깨서, 모르게 잠들었다는 말 한마디만 남겨줄 수 있다면 난 다시 고요한 계절을 살 것만 같고요. 이

애탄 마음이 당신을 멀어지게 만드는 걸까요. 난 불안해요. 아직도 우리가 함께할 계절이 언젤지 도통 모르겠습니다.

너만 모르고

다 아는 사실을 말해줄까요

누군갈 좋아하는 마음에도 공부가 필요한 걸까요. 이 대로 가면 관계가 어긋날 것만 같아, 답답한 마음에 조언을 구해봅니다. 오늘은 연애를 좀 잘한다며 자부하던 지인에게 이야기를 꺼내놓습니다. 지금은 연애를 하는 건지 마는 건지 애매한 사이라고. 서운함을 자주 내색한 후론, 나를 차갑게 대하는 것만 같다고, 너무 멀어진 거 같다고. 와다다다 쏟아내봅니다. 한참을 생각하더니, 그러려니 하고 있는 게 좋을 거라고 말하네요. 그러려니 하래요. 그러려니. 그럴 땐 너무 신경 쓰면서 만나지 말래요. 혼자만 너무 깊이 생각하는 건, 만남에 방해가 된다고 말예요.

초 단위로 핸드폰을 확인하며 불안해하는 내 모습을 보곤 옆

자리 동료가 말을 건넵니다. 아직도 연락이 안 왔냐고요. 나는 답합니다. 두 시간이 넘었는데 요즘은 연락이 뜸하다고. "맘이 떠난 걸까?" 더해서 물어봅니다. 그랬더니, 확 질러보래요. 나는 이러한 마음이 들어서 불안하고 초조하다고 말해버리래요. 솔직함이 답일 때도 있다고 말이죠. 그러면서 서로의 오해를 풀 수 있는 진솔한 대화가 오갈 수 있는 거 아니냐고 말이죠.

너는 모르겠죠. 한 달 전에만 해도 엄마에게 아주 잘 만나는 사람이 있다며 설레발을 쳤었습니다. 요즘 따라 안색이 어두워 보였는지, 방에 들어가는 날 붙잡고 이야기합니다. "아들, 무슨 일 있는 거 아니지? 누가 뭐래도 세상에서 가장 멋진 사람이야!" 엄만 내가 차이기라도 했다고 생각하는 걸까요. 속상한 마음에 괜히 퉁명스럽게 답합니다. "아니야 그런 거…" 나는 지친 마음으로 문을 닫습니다.

네 다정함 하나에 하루에 볕이 들고 네 무심함 하나에 깊은 천둥이 칩니다. 들쭉날쭉. 평소에 감정기복이 심하지도 않은 사람이 왜 이렇게 되었을까요. 그러려니가 불가능합니다. 기다리다 포기하다를 반복하고요. 자꾸 앞선 미래를 그리다 좌절합니다. 이 모두, 당신만 떠오르는 나의 마음이 파도치듯 나를 흔들어놓는 거겠죠.

많은 시간, 이렇게 불안한 날들의 연속이었습니다. 요즘 주변에서는 이 말이 끊이질 않아요. 당신이, 사람을 잘 못본대요. 이렇게 뒤에서 좋아하고 생각하고 고민하고 염려하는 사람 드문데 굴러들어온 복을 제 발로 차고 있대요. 이렇게 오랫동안 기다리는 사람도 없는데, 보는 눈이 없대요. 쉬지도 않는 당신 고민에 지쳐서 귀가 아픈 걸까요, 말하기도 입이 아픈 걸까요. 그래서 적당히 응원해주고 격려해주는 걸까요. 그것보다, 과연 당신이 사람을 잘 못 보는 걸까요 내가 사람을 잘 못 봤던 걸까요.

요즘 내 주위의 이야기는 온통 이런 고민으로 시작되고 이런 이야기로 막을 내립니다. 이렇게 말한대도 너는 모른 채 잠들겠죠. 나는 이렇게 분명한데 너는 답이 늘 불분명한 것처럼. 정말 너만 모르고 다 아는 사실이에요. 나 같은 사람 보기 드물다는 거. 나, 정말 좋은 사람이라는 거. 너만 좋아해주면 다 괜찮다는 거.

모두가 몰라줘도 너만 알아준다면 전부 다 괜찮아질 사실 다시, 말해줄까요. 나만큼 좋아해줄 사람은 없을 거예요. 정말로 말입니다. 이렇게 말하면 꼭 알아줄 것만 같아서 되뇌어 꺼내봅니다. 나만큼 좋아해줄 사람, 없을 거예요. 정말로.

모순

그의 말엔 모순이 많았다.

예로 "이건 확신할 수 있어. 아마도 그럴 거야." 따위의.

확신과 아마도는 서로 융화될 수 없는 단어였다.

하나의 예를 더하자면,

"너를 정말 사랑해, 그런데…" 따위의.

사랑한다는 말과 그런데 또한 서로 융화될 수 없는 단어였다.

당신의 모순이 나를 아프게 하기보단,

모순이라도 순응하는 내가 나를 아프게 했었다.

그땐 뭐에 홀렸는지,

당신이 아닌 내가 나를 아프게 했었다.

내 책을 읽기 싫다고 했지

너 언젠가 내 책을 읽기 싫다며 중간에 덮어버렸다고 했지. 누군가의 과거를 상상하는 일은 제법 숨막히는 일이라고. 난 그게 많이 좋아한다는 말인 줄 알았어.

잘 마시지도 않는 소주를 잔뜩
마시고
헤어짐을 의미하는 장문의 문자를
보냈다
그 문자마저도 반나절이
지나고서야
그에게 닿을 수 있었다

나는 그게 그렇게나 안타깝다

누군가에 대한 마음은 바다만큼 넓었지만

닿을 수 있는 마음은 손에 꼽을 정도로 적었다

나는 그게 그렇게나 안타까웠다

속으로 간절히 잡혀주길 바랬다
내 소중함을 알기를 바랬다
헤어짐을 다짐하는 순간에도
그가 떠나가길 바란 것은 절대
아니었다

한참이 지나 받은 그의 답은
나를 나쁜 사람으로 몰아가는
내용이었다
"내가 잘 지내길 바란다면 다신
연락하지 마."
그의 마지막 가시가
내 맘을 찢어발겨놓았다

그만둘 이유

넌 나를 맘 편히 떠날 이유가 필요할 뿐이었지
내가 진짜 몹쓸 짓을 한 게 아니라

근데 빌어서라도 만날 수나 있을까요

    1. 꿈에 걔가 나타났다. 정확히는 메시지만이었다. 얼굴도, 목소리도 아닌 짧은 메시지. 꿈도 나와 걔의 관계를 알았는지, 현실고증이 묻어 있는 내용이었다. "그래서 잘못은 이제 좀 깨달았어?" 정도의. 답을 보내진 못했다. 시끄러운 알람소리가 문자에 답하기도 전에 나를 흔들어 깨웠다.

  2. 꿈에서 고민을 했다. 이제 잘 알았다고 무작정 빌까. 빌어서 이어지는 사람이 무슨 인연이겠냐만. 빌어먹을 아쉬움 때문인지 난 또 기어서라도 걔와 이어질 내용을 고민하며 적고 있었다.

3. 그래서 내가 무엇을 잘못했느냐는 스스로의 질문에 딱히 답을 내릴 순 없었다. 딱히 죽일 놈이 아니었으니. 기다리는 쪽은 늘 나였고, 참지 못할 서운함이 폭발했다는 잘못 정도랄까. 그것으로 인해 오해가 생겼었다. 그치만 걔가 마지막에 나에게 쏘아붙인 말들을 생각하면 꼭 내가 나쁜 사람이 된 것만 같았다.

4. 지금 걔와 마주친다면 닥치고 비는 쪽을 택하겠지만, 시간이 아주 많이 지났을 땐 단지 물어보고나 싶을 것이다. 어떻게든 마주칠 수 있다면… 바쁘게 지나가는 상황 속에서 표정으로라도. 내가 그렇게 나빴냐고. 몹쓸 짓을 했냐고. 그래서, 서툴렀던 마음도 죄가 될 수 있냐고.

당신의 오늘이 악몽이길 바랍니다

밤새 식은땀 내면서 악몽을 꿨는데, 그 꿈에서 깼습니다. 깨고 나니까 당최 무엇이 악몽인지 분간이 안 되더군요. 내가 꾼 꿈이 악몽이었던가요, 깬 지금이 악몽이던가요. 이제는 12시가 한참 넘어, 연락이 끊긴 지 6일째 되는 날입니다. 시계는 6시를 가리키고 있고요. 6은 서양에서 불온한 숫자로 여겨진다지요. 숫자도 불길한 게, 되려 악몽이 단꿈일 거 같아, 다시 그 꿈을 생각하며 눈을 감아봅니다. 근데 당신도 악몽을 꿀까요. 아니, 당신도 악몽을 꾸고 깨어보니 현실이 더 악몽일까요. 아니더라도 그러길 바랍니다. 곱지만 못하고 넓지만 못한 사람이라, 당신도 아팠으면 좋겠습니다. 꼭 지금이 아니더라도, 뒤늦게라도 말입니다.

그래서 나와의 마지막이 아주 약간이라도 네게 악몽일 수나 있을까요. 기도라도 하듯 눈 꼬옥 감으며 아침을 맞이해본 적 있을까요.

이제 당신이

내 인생의 빌런입니다

우리가 되기를 그만둔 지 몇 주가 되었을까요. 그만둔 건 아니고, 그만 된 거겠죠.

술 잔뜩 취해 일어났는데 휴일의 정오였고, 기지개를 켜 나름 상쾌하게 시작하고자 합니다.

물을 마시러 정수기로 가는데, 생이 다할 것 같은 생화가 눈에 뜨입니다.

프리지어라죠. 프리지어. 새로운 일을 준비하던 당신에게 꼭 주고 싶었습니다. 꽃말이 아주 좋아서 준비했지만, 이젠 다 시들어버린.

괜한 마음에 볕 잘 드는 곳으로 꽃을 옮겨 말려보려고 합니다.

볕 잘 드는 창 옆엔 책장이 하나 있어요.

그 책장엔 네가 읽고 싶다던 책이 하나 툭 놓여 있고, 먼지가 쌓이고 있습니다.

안타까운 마음으로 먼지를 툭툭 털어냅니다.

헛헛한 오후를 이 책으로 때우겠어요.

책을 펼쳐봅니다.

214페이지던가요.

네 생일입니다.

읽는 중간에 언젠가 꽂아둔 짧은 쪽지가 보입니다.

내가 많이 좋아한다는 문장이 과거형이 되었다네요.

그 쪽지, 더는 보이지 않게 보관하려 서랍을 엽니다.

그러니 이젠 네가 준 편지가 보입니다. 한창 초반일 때였죠.

"나는 영욱 씨 또 보고 싶어요."라고 마지막을 장식했던가요.

그 편지, 좋아하는 영화처럼 반복해서 보다가 복받치는 마음에 그대로 내려놓습니다.

너와 내가 주고받은 모든 종이를 함께 포개서 보이지 않는 서랍에 보관하겠습니다.

웬걸. 일어나자마자 정신없는 그리움으로 시작했습니다. 물 마시러 정수기 앞으로 발을 옮겼을 뿐인데 말이죠. 샘을 찾은

초식동물처럼 무방비하게 봉변을 당했습니다. 내겐 당신이 빌런이에요. 잘 지낼 것만 같았던 내 하루에 스산한 먹구름이 들어섭니다. 당신 소식은 잘 보고 듣고 있어요. 아주 잘 지낸다지요. 내가 다시 들어갈 틈은 어디에도 없다지요.

　꽃은 시들어도 말려 보관하면 된다지만 내 마음은요, 책은 다 읽고 덮으면 된다지만 내 기억은요, 편지는 읽다 숨겨버리면 된다지만 네 생각은요, 서랍에 보관하면 된다지만 이 그리움은요. 말리지도 못하고 덮지도 못하고 숨기지도 못하고 보관할 수도 없겠습니다. 잘 지내길 바란다면 연락하지 말라는 네 말이 아직도 너무 아픕니다. 정말 내가 많이 좋아했었습니다.

보내지 못했지만
보낸 안부와 문자가 있습니다

잘 지내죠, 이 말로 시작해서 책 한 권은 낼 수 있을 정도로 전하고 싶은 말이 쌓여 있어요. 모든 마음을 글로 써서 전할 수만 있다면, 얼마나 좋았을까요. 줄이고 줄이고 또 줄여서 쓴 긴 안부인사를 살펴보고 있어요. 하고 싶은 말이 너무 많아서, 정리도 안 되고 무슨 말인지 도통 모르겠더군요. 무엇보다 읽다가 지칠 거 같아요. 한 문단 두 문단 줄여갑니다. 하다가 결국 정말 전해야 할 말만 남았어요. "네가 나에겐 크리스마스에 가장 가까운 사람이야." 이마저도 부담스러울까 봐 "메리 크리스마스" 이렇게 줄여봐요. 쓰는 데 한 시간, 줄이는 데 한 시간, 보내는 데 한 시간이 걸렸네요. 결국 "메리 크리스마스" 이 말마저 줄여서 아무 말도 남지 않은 문장을 보냈습니다. 아무것도 보내지 못했지만, 너무 큰 마음을 보냈습니다. 보고 싶어요, 그립고요. 12월 24일, 곧 크리스마스입니다. 가장 크리스마스에 가까운 당신에게. 전하지 못한 안부도 전한 기다림으로 칠 수 있나요. 보내지 못한 문자도 보낸 그리움으로 칠 수 있을까요.

너에게로 가는 속도

　　속상한 마음에 혼자 술 잔뜩 취해서 택시를 잡아봅니다. 많은 사람들이 귀가 중이라 그런지 도저히 잡히질 않습니다. 근처 숙소는 연말이라 그런지 다 꽉 찼다고 하고요. 한파가 한참인 겨울, 거리 한복판에서 얼어 죽지 않기 위한 결단을 합니다. 이런 날을 위해 돈을 아껴왔던가요. 평생 타보지도 않은 벤티를 불러봅니다. 보통의 택시보다 네 배 정도 비싸던가요. 도착한 벤티는 스스로 문이 열리네요. 나는 지금껏 문을 직접 열어왔던 기억뿐이라, 알아서 열리는 문이 좀 어색했습니다.

　편하게 모시겠다는 기사님 말에, 감사하다는 취기 어린 목소리로 답하며 꾸벅 잠이 들었어요. 십 분이 흘렀을까요. 내비게이션 소리에 깹니다. "교통 변화를 감지했습니다. 다른 경로로 이동합니다."

분명 가장 빠른 길로 가고 있었지만, 그게 정말 빠른 길이 아니었던 탓이겠죠. 다른 경로로 이동하는 이유 말예요. 어떤 때에는 돌아가는 길이 가장 가까운 길이기도 합니다. 좀 느린 길이 가장 지름길이기도 합니다.

그렇다면 당신에게로 가는 길 중 가장 올바른 길은 무엇이었을까요. 급했던 마음 주체 못 하고 앞만 보고 직진했지만, 조금 돌아가는 길이 너에게로 가는 가장 빠른 길이었을까요. 마음의 속도, 아주 조급했던 내가 미워집니다. 너에 대한 미련이 보이지 않는 한숨으로 새어 나옵니다.

혹시나 하는 마음인데요. 지금 나, 당신에게 돌아가고 있는 건 아닐까요. 일말의 소망을 품어봅니다. 우린 마지막이 아니라 가장 빠르게 돌아가고 있는 걸 수도 있을까요. "너에게 가지 않으려고 미친 듯 걸었던 그 무수한 길도 실은 네게로 향한 것이었다. […] 나의 생애는 모든 지름길을 돌아서 네게로 난 단 하나의 에움길이었다." 나희덕 시인의 시가 생각났습니다. 지금은 멀어지는 이 길이, 서로에게로 난 가장 바른 길이라면 여기 처박혀 죽은 듯 기다리겠습니다. 그러다 나에게 오라시면 당장이고 달리고 있는 차에서 뛰어내려, 절뚝거리는 걸음으로 벌벌 떨

며 걸어갈 수 있어요. 아니 짓밟히며 기어갈 수도 있어요. 네가
정해놓은 그 길 말입니다. 네가 생각해놓은 그 속도로 말입니
다.

2020년 1월 1일

"새해 복 많이 받아요."

  이 문자를 보내기까지 얼마나 많은 기다림과 무너짐이 있었
는지 당신은 모르겠지.

솔방울을 밟아버렸어요

개도 밟힐 줄 몰랐고

나도 밟을 줄 몰랐던 거겠죠

어려서부터 엉뚱한 생각을 자주 한다는 소릴 들어왔어요. 예를 들면… 그걸 그렇게까지 생각해야 해? 아니 왜 생각이 그쪽으로 새는 건데? 따위의 말들 말입니다. 기억나는 일이 하나 있는데 들려드릴까요? 고등학생 때엔 신발을 신고 다니는 게 뭐 그리 귀찮은지 슬리퍼를 자주 애용했어요. 슬리퍼를 신고 찌익찌익 끌며 다니곤 했는데, 그날도 예외 아니었죠. 동네 친구들과 함께 귀가하며 젤리를 하나 사먹자느니, 쌤은 성격이 이상한 거 같다느니 쓰잘데없는 잡담을 하는 와중에 질질 끌던 슬리퍼가 거리에 놓여 있던 솔방울을 툭 걷어찹니다. 꽤 큼직했는데, 워낙 가벼워서 느낌도 들지 않더군요. 저 멀리까지 가서 내리막길을 타고 대굴대굴 굴러가요, 솔방울이 말예요. 나는 또 아무렇지 않게 발길을 옮겼습니다.

질질 끄는 걸음과, 끌지 않는 걸음을 반복하다가 어느 구간에서 몸이 약간 휘청했습니다. 발목이 삘 정돈 아닌데, 뭔가 큼직막한 걸 밟고 휘청. 아니나 다를까 아까 걷어차인 솔방울이더군요. 친구들이 웃어요. 쟤 뭐 하는 거냐고. 혼자 넘어지려 한다고. 나는 흥분해서 이야기합니다. "너네 아까 내가 솔방울 찬 거 봤어?" 그러나 애들은 기억을 못 해요. "내가 찬 솔방울을 또 밟아버렸어 방금. 이거 인연 아닌가? 주워가야겠어." 솔방울과의 인연이라뇨. 친구들은 이상하게 쳐다봐요. 또 엉뚱한 생각을 한다고 말이죠.

솔방울을 찰 때까지만 해도 생각지 못했어요. 인연이라고 말이죠. 처음 이야기로 넘어가봅니다. 난 어릴 때부터 엉뚱한 생각을 많이 한다고 했잖아요. 그렇다면, 그 솔방울은 나에게 차이기 위해 어떤 속도로 자라왔을까요. 솔방울이 뒷동산의 숲에서 자라기를, 얼마큼의 속도였을까요. 나는 또 그 거리를 걷는 고등학생이 되기를 얼마만큼의 속도로 자라왔을까요. 그리고 솔방울은 얼마만큼의 속도로 떨어졌을까요. 얼마만큼의 거리를 굴러와 거리 한가운데에 있었을까요. 나는 또 하필 왜 그때 슬리퍼를 신고 있었고, 질질 끌다가 생각 없이 차버렸을까요. 좀 진부하죠? "이런 우연이라니요." 말하는 게. 그리고 차인 솔방울이 내리막길까지 도달하기까지, 난 또 얼마만큼의 힘으로 걔를 걷어찼을까요. 하필 거기엔 왜 내리막길이 있었죠? 그리고 하필 내가 가는 길도, 왜 그 내리막길이었을까요. 또 하필 내리막길을 굴러떨어진 솔방울은 나의 발이 닿는 그 길에 놓여있었을까요. 나는 어떤 속도로 걷다 하필이면 솔방울을 그곳에서 밟았을까요. 또 하필이면 그때에는 슬리퍼를 질질 끌지 않고, 밟았을까요.

서로가 전혀 모르는 속도와 기간과 거리와 마주침과 행동과 습관과 위치와 나이로 인해 연이라고 생각이 들 때가 있습니다. 어쩜 솔방울과 나 같은 그런 사이 말예요. 근데 우스운 건… 첫 마주침 또한 기적과 같은 우연으로 맞닿은 연이겠으나, 그땐 그것을 전혀 눈치채지 못했다는 거예요. 또다시 마주쳐서야, 그 첫 또한 기적이었노라 깨우치게 되었죠.

혼잣말이 꽤 길었습니다. 나와 네가 그런 우연이기를 바라며 이야기 마칩니다. 아니 인연이기를요. 언제 마주치면 이 커다란 마음 가볍지만은 않았노라고 휘청해주세요.

언젠가 솔방울을 걷어차고 밟아버렸어요. 걔도 밟힐 줄 몰랐고, 나도 밟을 줄 몰랐던 거겠죠. 이제는 제가 솔방울인 양 먼저 내리막길을 걷겠습니다. 언젠가 나의 길이 곧 당신의 길이기를. 저만치 굴러떨어진 곳이 곧 당신의 귀갓길이기를. 지금은 인연이기를 그만두려고 합니다. 솔방울, 걔도 바라질 않았고 나도 바라질 않았으니 또 다른 마주침이 가능했으니.

애증

1. 물이 얼면 얼음이 되고, 얼음이 녹으면 다시 물이라 불리는 것처럼 같은 성분이지만 다른 분자구조를 지니고 있어 이름이 무턱대고 바뀌는 것들이 있다. 가령 애愛와 증憎처럼.

2. 정확히 섭씨 0도를 물의 어는점 또는 빙점이라 하는데, 순수한 물에 불순물이 첨가된다면 어는 점은 더 올라갈 수도 있고 낮아질 수도 있다. 녹는 점 또한 이와 상이하지 않다.

3. 물의 분자는 얼면서 육각형의 모양으로 연속 결합하여 입체적인 육각 구조를 띠는데 이때, 육각형 사이에 빈 공간이 생겨 그 밀도는 액체 상태인 물보다 적다고 한다. 이것이 얼음이 수면 위에 둥둥 떠 있는 이유다.

3.1. 증憎은 늘 애愛를 짓누르며 머리 꼭대기에 떠다니지만, 그 밑에는 거대한 양의 애愛가 침수되어 있다.

2.1. 그 애와 나의 어는점은 영하 몇 도쯤이었을까. 우리가 과연 순수했을까 싶지만 순수하지만은 않았을 것이, 우린 서로의 녹는점을 찾을 수 없었다.

정말 미운 와중에도 표면적인 증憎 아래로 꽝 얼어붙은 애愛가 더 많았다. 이마저도 애愛일까 싶었다.

착하고 올바른 사람인 양
잘 지내는 그가 아직도 미웠다
밉다가도 보고 싶었다
보고 싶다가도 마주치기 싫었다

묘했다
제발 읽지 말길 바라면서
내 글을 읽고 찾아와주길 바랐다

아주 한때 아주 잠깐 그랬었지요

우리가 좋아했던 건 서로가 아니라 서툰 외로움이었을지도 모르겠습니다 껴안고 싶었던 건 마음이 아니라 낯선 온기였을지도요 대낮처럼 부끄럽던 하룻밤의 다정이 있었습니다 아주 한때 껴안고 속삭이면서 이 사람이다 생각했겠지요 반쯤 감긴 이어짐인 줄도 모르고

2호선을 타고 성수역에 가며
네 이름과 똑 닮은 역을 지나친다
생각해보면
난 여기에서 내린 적이
단 한 번도 없었다

나는 그에게 어떤 사람이었을까, 그가 나에게 뱉었던 말들을
주워 모아 글을 적는다. 수많은 물음과 서운함과 속상함과
우려와 염려와 걱정과 고민과 숱한 헤어짐과 이어짐과 다시
또 약속이 있었다. 그 말과 감정 사이사이에는 갯바위 사이로
미처 빠져나가지 못해 고인 바닷물처럼 짠내 나는 눈물이
고여 있었다. 문득 겁이 난다. 나도 누군가에겐 악연일
뿐이었을까, 들어갈 때와 나갈 때를 미처 모르고. 만남과
관계와 사랑의 목적이 대체 무엇일까, 서로에게 악랄한
상처만 남기고. 근데도 다시 껴안고 싶은 걸까. 사람은 섬뜩한
만남을 겪고도, 태연하게 다시 이어질 수 있는 걸까.

4

나도 누군가에겐
악연일 뿐이었을까

목적이라도 다한 듯
꺼져버린 마음이 보였다

무심한 너를 통해서가 아닌
외로워하는 나를 통해서
더는 타오르지 않을 네 마음을
확신했다

언젠가 딸꾹질하는 그에게 말했다

당연한 것들에는 이름이 없어요. 편히 숨 쉴 수 있는 상태를 무엇이라 하죠? 존재함? 살아 있음? 호흡 중? 그것들은 늘, 당연히 그래왔기 때문에 이름이 딱히 없는 거겠죠. 딸꾹질, 호흡 곤란같이 당연하지 않은 것들에만 이름이 있어요. 당연히 그런 것들은 이름이 없고, 이름이 있는 것들에는 당연함이 없다. 이해하겠어요? 사랑에도 당연함이 없어요. 넌 나의 사랑이 어제에도 그랬듯 당연해서 오늘도 여전하리라 생각할 수 있겠다만, 나에겐 그 하루가 당신을 사랑하는 특별한 하루이고 당신밖에 없는 유일한 하루입니다. 연락 좀 자주 달라는 나의 말에 넌 보통 날처럼 지냈다며 얼버무리지만, 사진 좀 보내달란 투정에 그냥 별거 없다 답하지만, 나 보고 싶지 않냐는 물음에 늘 보고 싶다 말하지만 그건 죄다 이름 없는 하루일 뿐인걸요. 당연한 것들에는 이름이 없어요. 당연하지 않게, 어떤 일이 있었다며 뜬금없이 말해주세요. 당연하지 않게 오늘 하늘이 예쁘다고 찍어서 보내주고요. 당연하지 않게 내가 보고 싶었다 선뜻 표현해줘요.

당연히 그런 것들에는 이름이 없답니다. 이름이 없는 것들은 선뜻 부를 수 없는 거고요. 나, 당신을 사랑함이 당연하지 않아서 이름이 있고, 또 그래서 주저하지 않고 이름 부를 수 있는 사이이기를 바라요.

내 말을 듣던 그는 멋쩍은 웃음으로 갑자기 쏘아대니 딸꾹질이 멈추었다고 말합니다.

그에겐 갑자기였고 나에겐 아주 긴 호흡이었습니다.

속도 모르고

등 돌려 자는 애인에게

　　속도 모르고 등 돌려 자는 그의 등이 하얀 도화지 같아서 나는 새겨지지도 않을 문장을 초성으로 남겼다. ㅅㄹㅎ. ㅂㄱㅅㅇ 따위의. 사랑한다 닳도록 말해도 얼마큼인질 모르니. 빤히 보고 있어도 보고 싶은 사람이니.

　　초성만 적어도 다 알아주길 바랐다만 완벽히 적어도 내가 무엇을 말하는지 잘 모르는 사람아. 속상하면서 애정하는 마음으로 하트만 뺀 모든 도형을 그려본다. 동그라미인지 세모인지 네모인지 모를 손짓으로. 네가 깰까 조심스럽게. 가장 덜 닳아버린 새끼손가락 지문으로. 곧게 세워도 힘이 들어가지 않는 가장 약한 손가락으로. 내가 아무리 정확하게 '사랑해요' 말해도 잘 알아주지 못하는 너에게 일부러 틀리게 말하면 알아주기라도 할까 하는 마음으로.

나 매일 밤 속상할 때마다 초성으로 내 마음을 적고, 여러 형태의 도형으로 네 마음을 만지기도 했단다. 속도 모르고 등 돌려 자는 네가 나의 온통 미래였음 좋겠다는 마음으로. 너 하나만 있다면 세상을 등질 수 있는 철없는 사람이 네 등 뒤에 있다는 것만 알아주라는 애틋함으로.

이 시대의 만남이
옳은 만남일까요

이 시대에 온전한 '그 사람 생각'이란 게 있을까. 핸드폰만 꺼내면 간단히 누군가의 모습을, 움직임을, 목소리를 느낄 수 있다. 아주 쉽게 상황을 알 수 있고, 하루를 볼 수 있다. 누군가 어디서 무엇을 하는지, 오늘은 어떤 모습인지, 어떤 목소리였는지 어떤 다정함인지 당장 알 수 없어서 상상하고 예상하며 떠올리고 아파하고 미워하면서 애정하던 예전의 이어짐은 이젠 드물다.

난 그런 의미에서의 누군가를 애틋하게 생각하던 관계가 그립다. 이 시대의 관심이란 "당신을 생각해요."보다 "당신을 확인해요." 정도의 의미에 가깝달까. 사람 생각은 '하는 행위'가 아니라 '나는 행위'라는 거 잊고 산 지 오래였다. 확인보단 그리는 일이라는 거 이제 알지 못하는 거 아닐까. 이어짐의 형태는 점점 가볍게 퇴보한다 인정하며 엮이는 것이 옳은 이어짐이기는 할까. 뭐, 누군갈 생각하는 마음에 수단이 중요하겠냐만 떠올림의 매개체가 외려 얇아져서 쉽게 찢어진다는 느낌은 좀처럼 지울 수 없다. 우리가 서로 오래 볼 수 없어서, 그래서 확인할 수도 없어서, 그래서 서운함도 덜하면… 다시 애틋해질 수 있을까.

이어짐의 수단이 분명해질수록 애틋한 마음은 쉽게 불명해진다.

사랑에 눈이 멀면

친구가 말해요. 이만하면 네가 마무리하고 끝내라고.

더 이상 무너지는 모습 보기 안타깝다고.

나는 말하죠. "내가 그만하자 하면 정말 끝나는 건데도?"

그랬더니 네가 말 한마디 해서 쉽게 끊어질 관계라면 말하지 않아도 곧 끝날 거래요.

평소 연애와는 거리가 멀게 느껴졌던 친구가 오늘은 나보다 현명해요.

사랑에 눈이 멀면 사람이 이렇게나 미련해지는 걸까요.

이렇게 발발거리면

그이가 내 맘을 알아나 주려나요

풍당풍당 끝이 보이지 않는 호수에 돌을 던지는 심정으로

나 좀 봐달라며 힘껏 뛰어오릅니다

하낫 둘 셋

내 뜀박질이 흔들 수나 있었을까요 지구를요

신이 본다면 작은 개미가 운동장을 흔들러 발돋음을 했더라 비웃겠죠

이렇게 발발거리면 그이가 내 맘을 알아나 줄까요

어쩌겠나요

무심코 던진 돌에 개구리 맞아 죽는다던데

나 역시 혹시 모르는 마음 주체 못 합니다

내일 아침은 해가 서쪽에서 뜨는 일이 일어나기를 바라는 마음으로 네 마음이 다시 돌아오는 꿈 같은 걸 꾸느라 잠 설치는 새벽이겠습니다

여전한 것과 변하지 않은 것

여전한 것과 변하지 않은 것은 다르다

전자는 꾸준히 안정적이지만,

후자는 불안정성을 띠고 있는 유지 정도랄까

그럼 우리 서로에 대한 마음은 어떨까

아직 여전할까, 단지 변하지 않았을까

너의 대답을 듣기도 전에

네가 여전히 변하지 않았음을 염원한다

나, 변하지 않게 여전함이 영원할 테니

어떤 물음

　　어떤 물음은 물으면서 울게 되는 물음이 있었다. 묻기
도 전에 눈에 눈물이 맺히는. 묻는 입의 속도보다 내 슬픔이 먼
저 반응하는. 보고 싶어요. 말하고 있는데도 보고 싶은 사람이
있다. 가지 말아요. 말하고 있는데도 가고 있는 사람이 있었다.

단절

넌 함께일 때에 세상 다정해 보이다가도, 몸이 조금만 멀어지면 단절되는 느낌의 사람이었다. 우리 사이의 강한 전파는 툭 하고 끊기는 느낌이 들었다. 말 그대로 툭.

오랜 만남은 때론 마음의 퇴보일까? 우릴 보고 있자면 사람과 사람의 정신적인 이어짐은 쉽게 낡는 거 같았다. 시간이란 바다 안에서 녹이 슬었다. 심해에 잠겨도 빛이 날 만큼 완전한 관계는 아니었던 것일까. 시간만큼 깊어지면 연이겠다만, 우린 오래되어서 구시대적인 민낯 가득한 거 같았으니. 어쩌면 우리의 만남은 날을 거듭할수록 한 단계씩 물러서는 마음이 아닐까 생각이 들 정도로, 뒤를 향해 걸었다. 서로 모르고 살던 때를 향해 흘렀다.

언제나 사랑은 예고 없이 찾아왔고, 그 끝은 누빔처럼 해지고 나서야 알게 된다.

여느 연인처럼 이별했다
여느 인연처럼의 정의는
한쪽의 마음이 더 커서
더는 우리를 가둘 수 없는 지경의
연인을 뜻했다
그는 도망치듯 떠났고
난 자리에 주저앉아 몇 시간을
울었다
너의 냉정함이 미웠다

이별은 최악이며 최악이다

이별이 아픈 이유는 가장 위로받아야 할 날에 위로해
줄 사람이 없어서이다 나 정말 나락으로 떨어질 거 같다고 손
내미는데, 나를 밀어낸 건 정작 그 사람이니 아무리 생각해도
정말 최악이고 최악이며 모든 사람은 이별에 내성이 없는 미약
한 생물이다 당장이라도 둥둥 떠다니다 먹혀버릴 마음을 안고
사정없이 부유하는.

좋아하지 않아요

사랑을 고백하는 갖가지 표현들이 '좋아한다'는 의미로
귀결되듯 헤어짐 통보하는 갖은 말들 모두 '좋아하지
않아요'라는 의미라는 것. 이 많은 사랑을 겪고 나시도
기피하고 싶은 사실이었다. 피치 못할 사정이 있을 거
라고, 기다리면 되돌아올 것이라고. 사랑은 쉽게 믿고
이별은 쉽게 믿지 못하는 성격이라 마음 한켠엔 기대
와 실망 그리고 후회 같은 감정이 자주 뒤섞여 있었다.
사랑의 기간보다도 기다림의 기간이 매번 길었다.

너와 나 같은 것들

구겨진 페트병

먹다 남은 찌개

한쪽이 고장 난 이어폰

심지만 남은 향초

유통기한 지난 우유

담배냄새로 찌든 이불

애매하게 써버린 공책

물에 젖은 라이터

한쪽 살이 나간 우산

사서함이 없는 전화

한쪽 구멍이 막힌 빨대

오래 젖어 있던 수건

이름 모를 컬러링

그런 사람이 있다

아직도 그날의 모습이 익숙지 않은 사람이 있다
너무 익숙지 않아서 이게 생시인가 싶어 내 뺨을 세게 때려도
마음만 계속 아파지는 사람이

아무것도 좋아하지 않으면 상처 또한 없겠죠

알고 있습니다.

아무것도 좋아하지 않는다면 상처받지 않을 테죠

하지만 어떤 마음은 상처받을 가치가 있는 마음이며,

후회로 가득할 가치가 있는 만남이겠습니다.

예로 당신이거나, 너이거나, 그대에게로 향하는 마음

같은 것들.

덜

아름다웠다 말하려는데 미워지는 사람이라면 아직 지나가지 않은 거겠죠. 아니지, 지나갔더래도 '덜'이라고 표현해야 할까요. 지나가곤 있는데 '덜' 지나간 거 말이죠. 나, 아름답던 우리를 미웁다 다짐하며 지나가는 중입니다. 거의 다 잊은 것 같은데, 완벽하진 않은 정도랄까요. 곧 완전히 지나칠 거라는 믿음으로 부지런히 나아가고 있습니다. 근데요, 이마저도 '지나갔다' 말할 수 있을까요. 누가 물어보기라도 한다면 잊었노라고 이야기해도 되는 거겠죠. 예전보다 덜 사랑해도 사랑한다며 껴안던 우리가 있던 것처럼 말입니다.

덜 잊었습니다.

하지만 '덜'이 붙은 것만으로

이미 끝나버린 것들이 있습니다.

당신과의 죽음을 꿈꿔요

식물인간이 되어 같이 눕고 싶은 사람이 있었다

너무 오래 자서 세상은 다 변하고 망가진 채로

걔밖에 모르고

콱 죽어버리고 싶었다

어쩌면 걔랑 죽는 꿈이 길몽인 이유였다

사랑, 사랑, 사랑.

너무나도 사랑했기 때문에 가능한 일.

네 생각을 켜둔 채 잠이 들었다. 엎드려서 잔 거 같은데 깨어보니 천장을 보고 있었다. 코가 막혀서 입으로 숨을 쉬었는지 목이 아팠다. 눈물도 흐르기가 지쳤는지 종유석처럼 노랗게 굳어 있었다. 오래 잔 거 같았는데 세 시간이 채 흐르지 않았다. 왼팔은 베개를 축으로 곧게 뻗어 있고, 오른팔은 왼쪽 가슴에 놓여 있었다. 나는 자는 동안 꾸지 못한 꿈을 이제야 꾸고 있는 것일까. 쓰다듬을 머리칼이 없어 손은 오갈 데 없었다. 벼랑 끝에 떨어져 뭐라도 붙잡는 사람처럼 괜한 내 머리칼만 쥐어뜯었다.

이별은 사랑했던 사람과, 사랑했던 나를 함께 버려야 하는 것. 그를 잊었다 해도 그를 좋아했던 나를 못 잊어 그 생각이 나게 되는 것. 엘리베이터의 양쪽 거울처럼 어디로 고갤 돌려도 그때의 내가 서 있다. 너는 어디서 뭘 하고 지내는지 몰라도 난 어디서 무엇 하고 지내는지 너무 잘 알기에.

　우리 모두는 그를 잊기 벅찬 것보다, 그를 애정했던 나였음의, 다정함을 잊기 벅찬 것이다.

unable

'able'같이 한없는 긍정이 있다면

'un'처럼 한없는 부정이 있다

안타까운 건 긍정이 무슨 소용이겠냐는 거다

모든 긍정은 부정이 더해짐으로써 더없는 부정이 되었

다

어쩌면 당신 아닌 나처럼

사랑은 그런 겁니다

똥인지 된장인지 구분하지 못한단 옛말처럼

그게 동정인지 애정인지 구분을 하지 못하는 겁니다

집착인지 사랑인지 낙서인지 약속인지

그게 똥이면 어떻고 된장이면 어떻답니까

그게 그 사람의 최선이었고 그게 내 마음의 최선이었

던걸요

사랑은 그런 겁니다

사랑을 대신하는 여러 형태의 단어가 있다만,

곧 그것이 그때에는 오직 '사랑'으로만 귀결되는 것.

이별을 맛보고서야 "아, 그랬었구나." 깨닫게 되는 것.

"사랑이었구나." 혹은 "사랑이 아니었구나", "집착이었

구나", "동정이었구나" 따위로 결정되는 것.

누군가에겐 미안할 일이지만
그와의 헤어짐 이후
의미 없이 마음을 주고받은 적이
많았다
그렇게라도 해야
숨을 쉬고 살아갈 수 있을 거
같았다

지문

한겨울, 서로 행복하자는 울음과 악수를 마지막으로
뒤돌아선 사람이 있다
혹시 지문이라도 닳게 될까, 주머니에 손을 넣지 못했
다는 걸 걘 알까
빨갛게 달아오른 손은 감각도 없는데 마음은 속도 모
르고 하얗게 아팠다

앞으로 손을 씻지 않고 살아갈 순 없겠지
최소한의 미련을 담아 거품 없는 맹물로 손을 씻어낸
다
손은 자주 씻어도 마음은 자주 씻을 수 없었던 탓에
비누라도 콱 하고 삼켜볼까 했던 그때를 떠올리며,
기억은 맹물로도 비누로도 지워지지 않는단 걸
오직 또 다른 지문과 시간으로

나 이제 아무렇지 않은 사람처럼
한쪽 주머니 안으로 다른 이의 지문을 어제오늘 겹겹
이 묻히고 산다

한때의 순수함은 어디로 가고…

손등 위로 보이지 않는 이들의 지문이 투명하지만은

않다

바람은 구석을 찾는 것일까

바람은 누가 밀지도 않는데 자꾸 부는 걸까
그쪽으로 부추기지 않아도 그쪽으로 불겠지
그러니 부는 게 아니라 찾는 걸 수도 있겠다
저를 안아줄 구석 같은 곳이 있을까 하고

엎어라 젖혀라

지역마다 부르는 이름이 다르긴 하더라도 우리 동네는 편을 가를 때 "엎어라 젖혀라" 따위의 구호를 외며 손바닥이냐 손등이냐로 짝을 구분지었어요. 확률은 5:5인데 꼭 5:5 비율로 딱 떨어지지 않아서 두세 번은 더 외쳐야 내 짝이 정해졌죠. 처음엔 나와 같이 손등을 낸 성훈이가, 두 번째에서도 나와 같이 손바닥을 냈지만 세 번째에선 나와 다르게 손바닥을 냅니다. 나와 다르게 손바닥을 펼친 연희가 두 번째에도 나와 반대로 손등을 내었고, 세 번째에선 나와 같이 손등을 내었습니다. 그렇게 나는 연희와 짝을 이루고, 성훈이는 다른 이와 짝을 이뤄요. 나는 엎어라 젖혀라를 생각하면 꼭 인연이란 게 있을까, 운명이란 게 있을까 염려하며 염원합니다. 숱한 시간 같은 곳을 꿈꿔왔지만 무슨 이유로 인해 엇갈리는 사람들. 그동안 쭉 다른 곳을 바라보았지만 어떠한 상황으로 결국엔 이어지는 사람들. 처음엔 같은 편이더라도, 결국 찢어지는 슬픔을 겪는. 처음이 엇나가더라도 결국은 같은 편이 되는.

부르는 이름은 저마다 다르더라도 삶은 곧 운명 찾기 게임 같습니다. 인연이냐 아니냐는 5:5의 확률을 두고 이 사람 저 사람 비교해가며 숱하게 서로의 손을 내미는 일. 내민 손 모른 척하는 일. 앞, 뒤 다른 모습 보이며 웃기도 또 울기도 하지만 결국 애틋하게 내민 손 꼬옥 잡게 되는 일. 이어지는 것 같다가도 결국은 아니게 되는. 아닌 거 같다가도, 결국 이어지게 되는.

"엎어라 젖혀라!"
우린 어쩌면 영원에 가까운 사람을 찾기 위해 숱한 사랑놀이를 반복하는 것 아닐까.

순수하게 사랑을 했을 때가 분명 있었습니다

며칠 전엔 우리 집 강아지 두부에게 새로운 장난감이 생겼어요. 가지 모양 인형이라 가지라 부르는데요. 두부는 가지를 상상 이상으로 좋아합니다. 보잘것없는 솜뭉치가 그렇게나 소중한지 온종일 옆에 두고 지켜요. 그걸 보고 엄마는 지나가는 식으로 말합니다. 두부는 겨우 천 원짜리를 사줘도 엄청 행복해한다고, "이럴줄 알았으면 진작 사줄걸." 가지를 좋아하는 두부의 모습과, 스쳐 지나가는 두 문장을 듣고 짧은 생각에 빠집니다. 내가 누군갈 사랑할 때도 그랬었고, 누군가 나를 사랑해줄 때에도 그랬을까요. 그 사람에게 받는 것이 너무 소중했고, 상대 또한 나와 같았겠죠. 그렇게 좋아하는 걸 알았는데도, 서로가 서로에게 못 해준 것들이 많았다는 게 잔뜩 떠오릅니다.

사랑을 하면 순수해질까요. 그보다, "순수하게 사랑을 했을 때가 분명 있었습니다." 이게 정확하겠죠. 명품이건 싼값이건 상관없이 선물해준 장난감을 지금 제일 곁에 두는 두부처럼 말이죠. 그게 두부에겐 최신의 마음이자 최선의 애정이라 표현하면 적당하겠습니다. 언젠가의 우리도 그랬겠죠. 두부만큼이나 순수하게 애정했겠죠. 가장 최신의 마음을 받았었고, 그건 또 최선의 애정이자 기쁨으로 나타냈었습니다. 작은 머리핀 하나에도, 또는 짧은 쪽지 하나에도. 그가 전해준 최신의 마음이 애틋했고, 나는 또 최선의 애정으로 답했었습니다.

때 잔뜩 묻은 우리는, 두부보다도 사랑을 잘 모를 수 있어요.

사람이 상처인데

사람이 연고일 수 있나요

안식일 수가 있나요

사람들은 사람이란 상처에 사람이란 연고를 바르며 살
아가지. 그게 쉽게 아물 리가 있을까. 칼에 베인 상처를 칼로 아
물게 할 수가 있으려나. 나는 그게 염치없는 일인 줄 모르고, 염
원했다. 꼭 다른 이들을 만나며 괜찮아지길 기대했다. 한편으론
아물 리가 있을까 해서 당신보다 더 아프게 할 사람을 찾는 걸
수도 있었다. 너라는 아픔만 아니면 나, 어떤 아픔이라도 달게
견딜 수 있었으니.

사랑질

'질'이란 말은 보통 좋지 못한 일을 뜻하는 단어 끝에
존재한다. 패악질 정치질 악질 따위에. 그럼 양치질은
왜 양치질일까. 무언가 닦아내는 행위가 곧 부정적인
행위라 일컫는 것일까. 그럼 사랑에는 사랑질이라는
표현도 어울리겠다. 송골대는 눈물 꼴 뵈기 싫어 자주
닦아내는 행위가 될 수도 있으니.

누군가 말했다
내 눈에는 누군가 담겨 있다고

몇 해를 지난 한여름에도
상하지 않는 그리움이 있다
숱한 연을 만나도
해지지 않는 마음이 있다

냉동고에 보관된 것처럼
제법 그대로인 향함이 있다

윤슬

윤슬은 그이가 알려준 순우리말이었다. 우린 부산에 도착해 관람차를 탔고 물결에 비치는 볕을 보며 한참을 멍하게 앉아 있었다. 그때 그가 말을 꺼낸다. "예쁘지? 윤슬이라고 한대." 나는 처음 듣는 단어에 갸우뚱했다. "윤슬?" "응 예쁘지 윤슬! 저기 물결에 비치는 햇빛 말이야." 관람차는 유리로 만들어져 있었다. 난 유리에 비친 걜 보고 있었다는 걸 알기나 할까. 그의 얼굴이 바다와 볕에 어우러져 반짝이며 아름다웠다는 걸 알기나 할까. 속도 모르고 눈이 휘둥그레진 그를 보며, 나는 씨익 웃었다. "헤… 예뻐요." 그러곤 그의 시선에 따라 반짝거리는 윤슬로 초점이 옮겨졌다. 첫인상이 가장 중요하다고, 나에게 윤슬이란 그의 앳된 얼굴이었다. 난 아직도 시원한 바람과, 넓은 바다, 그리고 그 파도에 비치는 아름다운 볕을 보면 네가 떠오른다. 너에게 배운 단어는 윤슬과 사랑 그리고 나지막한 슬픔이었다.

나는 이제 봄이 없어도 마음에 꽃이 핀다

그에 대한 깊은 애정과 늦은 후회 따위 마음을 음지에 숨기며 살던 때였다. 우리 헤어지고 긴 시간이 지났을 때지. 그동안 쭉 좋아해온 건 아니지만, 뒤늦게 그를 정말 애정했고 지금도 좋아하는구나 속으로 웅얼대는 마음은 숨길 수 없었다. 그러면서 나, 깨달은 사실이 하나 있다. 누군갈 애정함은 사실 누군가가 없어도 가능하다는 것, 이제야 알게 되었다. 그 순간 굶주리던 마음이 광합성이라도 하듯 새싹을 피운다. 우리의 만남, 이어졌다고는 말할 수 없지만 끊어진 것도 아니었다. 시들어버린 꽃도 꽃이다. 다 읽지 못한 책도 책이다. 나는 이제 봄이 없어도 마음에 꽃이 핀다. 적지 않아도 또렷이 기억할 수 있다.

누군갈 오래 염원한다는 것은 실로 그런 일이었다.

그 약속, 아직 남아 있을까요

나는 우리가 그 동네에서 결혼을 할 줄 알았습니다. 그래서 용기 내 당신이 사는 서울로 이사를 했었지요. 전에 불안에 떨며 물었습니다. 모든 걸 여기에 두고 거기에 혼자 갔는데 우리 헤어지면 어떡하냐고 말이죠. 당신은 답을 합니다. 도망이라도 가면, 원래 살던 곳에 가서 무작정 찾아내겠다고 말이죠. 그리고 다시, 여기로 데리러 오겠다고. 나는 당신이 버릴까 무서워했는데, 오히려 너는 내가 도망갈까 두려워했었죠. 그 말이 나만 따라오라는 확신으로 들렸기에, 무작정 따라가리라 다짐했습니다.

조금의 계절을 넘어 나에게는 하나의 걱정이 생겼습니다. 나는 여기에 너 하나만 보고 왔지만 당신은 여기에서의 많은 책임이 있었습니다. 이곳엔 당신의 친구가 있었고 가족이 있습니다. 지나감이 있고 앞으로가 있습니다. 생업이 있고, 잦은 만남이 있습니다. 이해는 했지만, 보챘지요. 장 보러 간 주인을 기다리는 강아지처럼 당신이 나간 문을 하루 종일 바라보는 일이 잦았습니다. 예민해지는 서로의 목소리에 주변 민원이 가득했습니다. 그때마다 숙인 내 고개는 주변의 눈치를 보는 네 표정을 힐끔, 힐끔 바라봅니다. 당신의 시간도 마음도 밤도 미래도 그 모두를 가지고 싶었던 게 나의 욕심 아닌 욕심일까요, 우리는 머지않아 지쳤습니다. 더 슬픈 것은, 거기에 익숙해지는 것이었습니다. 우리의 문제는 멀어지는 것보다도, 멀어지는 게 익숙해졌습니다. 헤어짐의 이유였습니다.

당신은 모르겠지요. 후로 몇 개월은 그곳에 더 살았습니다. 다시 나의 삶으로 돌아가기 전까지, 틈틈이 많은 것을 버리고 있었습니다. 가져가면 마음에 짐이 될 것들이 수북했기 때문입니다. 아, 지금은 이사한 지 꽤 오래되었습니다. 그곳을 벗어날 때엔 귀신 들린 집을 도망치듯 모든 걸 두고 맨몸으로 떠났었습니다.

그러고도 몇 년이 더 흘렀을까요. 옆집의 활짝 연 창문과 내 방 창문을 통해 음악 소리가 흥얼흥얼 들릴 만한 계절입니다. 옆집에선 당신이 제일 좋아했던 노래가 새어 나와 당신 생각, 살짝 들었습니다. 나만 알아들을 수 있을 정도로, 미세하게 말이죠. 그 노랫소리처럼 선명하진 않지만 흐릿한 기대를 가져봅니다. 아주 살짝. 그 약속, 아직 남아 있을까요. 그래서 당신이 여기로 왔을까요. 날 찾기 위해 옆집으로 이사를 왔을까요. 이 노래를 틀며 나를 찾는 걸까요. 다시 서울로 가자며 나를 애타게 부르는 걸까요. 없던 기대를 가지게 되는 날이 있습니다. 그런 계절이고 그런 저녁이고 그런 선선한 마음이 있습니다.

그래서 그 약속, 아직 남아 있을까요.

개명을 한 이후, 그에게 먼저
연락이 왔다
너무 반가웠고
우린 조만간 커피를 마시기로
했다
그 이후 몇 번을 더 보았지만
나에겐 이미 조심스럽게 만나는
사람이 있었다

그는 나에게 꽃을 건넸고,
나는 그동안 간직해온 그의
사진을 건넸다
애인이 생겨도
안부는 묻고 살자는 말을 미처
전하지 못했다

그를 마지막으로 본 건 작년
11월이었다
그때를 마지막으로 더 이상
연락이 닿질 않았다
행복할 나를 생각해서
영원히 떠난 거겠지

이젠 정말 각자의 여행을 떠나야
할 때임을 알지만
마음이 허했다

가장 사랑했던 애인과
미워했던 친구가 떠나는
기분이었다

지나간 당신들에게

한동안 나 아주 바쁘게 지냈습니다. 정신없이 살다 보니 한때 아름다웠던 우리의 기억이 문득 그리워지기도 합니다. 소중했던 기억이 나를 붙잡는 걸까요. 지난날들이 그때의 우리를 잊지 말라며 불러세운 걸까요.

뭐랄까, 속절없이 앞만 보고 가려는 내가 밉다는 듯 투정부리면서. 잘 살고 있어도 가끔씩은 뒤돌아보며 추억하라는 정도로, 천천히 가라는 듯 손짓을 하며.

그 손짓이 좀 흐릿했는데 선명하기도 했어요. 잘 가라는 건지 이리로 오라는 건지 모를 정도로 휘저으며 멀리서 날 불러세웠습니다.

우리 모두에겐 그런 기억들이 있겠죠. 자꾸 나를 뒤돌아보게 만드는. 또는 누군가에게 그런 기억들이겠죠. 한때라는 지나감들이 한데 모여 지금의 내가 되었다 생각하니 지나감은 진부하지만 꼭 필요한 것이 아닐까 생각합니다. 지나감. 맞아요. 지나갔죠. 혹은 지나갈 테죠.

이젠 슬프진 않지만, 애틋하고 뭉클한 마음으로 다시 앞을 바라봅니다. 문득 나를 불러세운 당신들 덕에 숨 가쁘기만 했던 내 삶에도, 잠시 느리게 걸을 수 있는 여유가 머물다 갑니다. 내일이 되면 또 나는 당신들을 뒤로하고 바쁘게 나아가겠죠.

다신 뒤돌아보지 않을 수도 있으니, 마지막 인사를 건네볼까 해요. 많이 고마웠습니다 정도의. 나 다시 앞을 보며 나아가겠습니다. 정도의. 우리 이제 각자의 여행에서 아름답기로 약속해요, 정도의.

다시 사랑하고 살자는 말

1판 1쇄 인쇄 2022년 9월 22일
1판 1쇄 발행 2022년 10월 5일

지은이 정영욱
펴낸이 김영곤
펴낸곳 (주)북이십일 아르테

TF팀 이사 신승철
TF팀 이종배
출판마케팅영업본부장 민안기
마케팅1팀 배상현 한경화 김신우 이보라
출판영업팀 최명열
제작팀 이영민 권경민
교정교열 박은경
진행·디자인 다함미디어 | 함성주 유예지

출판등록 2000년 5월 6일 제406-2003-061호
주소 (10881) 경기도 파주시 회동길 201(문발동)
대표전화 031-955-2100 **팩스** 031-955-2151 **이메일** book21@book21.co.kr

ISBN 978-89-509-4193-2 03800